www.tredition.de

AF197482

Gerhard Vohs

Tommy
Mein Kater und ich

**Eine Geschichte
über die Zufriedenheit,
Untertan der besten Katze der Welt
sein zu dürfen.**

Foto Umschlagseite: Gerhard Vohs »Kater Tommy«

 **tredition**®

www.tredition.de

© 2013 Gerhard Vohs

Umschlaggestaltung, Illustration: Gerhard Vohs

Lektorat, Korrektorat: Jörg Querner

Verlag: tredition GmbH, Hamburg

ISBN: 978-3-8495-4414-0

Printed in Germany

Tommy
Mein Kater und ich

Ich bin Tommy

»Hi, ich bin Tommy, ein männlicher Kater, dessen Bezeichnung oftmals mit einer schlechten körperlichen Verfassung nach einem Alkoholkonsum assoziiert wird. Ob dieser Zustand jedoch oft und gerne erlebt wird, ist fragwürdig. Immer wieder wird er als eine Art Erfolgserlebnis angesehen und dient dem Selbstnachweis der Trinkfestigkeit.

Auch die Verhärtung der Muskulatur wird als Kater bezeichnet, als Muskelkater. Er entsteht durch ein zu intensives Training von übergewichtigen Menschen, die mit ihrer Körpergröße von 1,80 Meter Kindergrößen tragen wollen, oder von harten Jungs, die mit ihren fischölverschmierten Körpern üben, wie man eine Anabolika-Spritze richtig setzt.

Aber kommen wir wieder zurück zu mir. Eigentlich heiße ich ja Fozzy, doch als mein Herrchen mich adoptierte, meinte er, dass der Name Tommy besser zu mir passen würde und durch das Namedropping, das ständige mich Ansprechen mit diesem Namen, versuchte er mir einzureden, dass ich bereits mit dem Namen Tommy geboren sei. Dabei klingt Fozzy viel schöner, F-O-Z-Z-Y. Ein Name mit vielen schönen Buchstaben, wie das F, das man getrost durch ein PH oder ein Vogel-V ersetzen kann, oder das O, ein bedeutender Teil von 00, das Z, der letzte Buchstabe im Alphabet, eine mutierte Form der 2, und das Ypsilon, das aufgrund seiner seltenen Verwendung als Autokennzeichen der Bundeswehr dient.

Auch die Militärdienstleistenden der britischen Arme wurden Tommy genannt, aber sehe ich aus wie einer dieser grün verkleideten Soldaten? **S**oll **o**hne **l**anges **D**enken **a**lles **t**un? Bäume sind auch grün, scheuen sich aber nicht vor der prallen Sonne. Kanarienvögel bekommen auch Drill, aber mit Jod-S-11-Körnchen. Ein Spießbraten muss keine Liegestützen machen und ein Panzergrenadier unterscheidet sich vom Igel durch seine hohe Bereitschaft zur Einfallslosigkeit.

Aber es gibt schlimmere Namen, wie Rainer Zufall, Peter Silie, Claire Grube, Wilma Bier, Brr-Igitt-Ähh, Sam N Erguss oder Erol, was sich wie eine chinesische Fehlermeldung anhört; Oliver, eine männliche Olive, frisch gepflückt und ziemlich bitter; Anton, der Einschaltknopf beim Radio. Klemens steht für Klemmt es? Andre für der andere? Eduard, Eh, du ARD? Und wie konnte man nur den Afroamerikanischen Austauschstudenten, der lange Zeit eine Zwangs-WG mit Robinson Crusoe führte, Freitag nennen?

Nun, Namen sind wie Schall und Rauch, zumindest war das früher so, als Menschen sich noch mit Rauchzeichen verständigten, bis festgestellt wurde, dass man den Mund nicht nur zum Saufen benutzen konnte, sondern dass man auch andere mit zufällig zusammengewürfelten Buchstaben nerven kann. Um sich voneinander zu unterscheiden, da die Menschen sich wie ein Ei dem anderen gleichen, fing man an, Buchstabenkombinationen zu bilden und teilte jedem eine Kombination mit. So entstand im Laufe der Geschichte die Namensgebung, Nomen est Omen. Doch oftmals wurde es eine Strafe für das restliche Leben, besonders dann, wenn man sie Detlev nannte, mit dem weichen T wie in Damentoilette, oder Mampfred, Pferdinand, Veranda.

Bei der Namengebung unterschied man zwischen Kindernamen, die man erst nach der Geburt erhält, weil es vorher keinen Sinn machte, Künstlernamen, um sich nicht für sein miserables Werk schämen zu müssen, Produktnamen, die in keiner Sprache einen Sinn ergeben, Gebäudenamen, in der Hoffnung, dass sie kämen, wenn man sie ruft, Mediennamen, die dazu benutzt werden, langweilige Sendungen attraktiver zu machen, und Tiernamen, weil man der Meinung ist, man könne sie wie Menschen behandeln, deswegen wohl auch mein Name Tommy.

Aber soll mein Herrchen mich nennen, wie er will, und wenn er mich nach seinem ersten Magengeschwür nennt. Hauptsache die Zahl meiner Leckerli stimmt, denn die kann ich vom Trockenfutter gut unterscheiden.

Ihr fragt euch bestimmt, woher weiß der das alles. Nun, ich bin eine Katze, kein Hund, der unterwürfig, übertrieben fröhlich, laut, herzerweichend treu, oft nass wie ein Seehund, stinkt, sabbert, überall hinscheißt und doof ist wie durchschnittliche Blondinen.

Wir Katzen hingegen sind weich, leise, manchmal sehr hungrig, aber nur manchmal, sind eigenwillig, besitzen unseren eigenen Kopf, sind äußerst intelligent und haben die erforderliche Anzahl Tassen im Schrank.

Unsere Hobbys sind hemmungsloses Fressen, ohne zu platzen, und lange Schlaffertigkeit. Eigentlich schlafen wir zu viel, manchmal bis zu 23 Stunden. Die übrige Stunde benötigen wir für das Fressen und den Weg zum Katzenklo. Manche Menschen sagen sogar, wir würden 24 Stunden am Tag schlafen, aber dann müssten wir ja im Katzenklo liegen und den Kopf im Fressnapf haben. Dafür reisen wir gerne mit unseren Träumen im Katzenhimmel umher und erfreuen uns an der Jagd nach Mäusen, Ratten und anderen Nagern.

Von Natur aus sind wir mit verschiedenen Retuschierwerkzeugen ausgestattet, wie zum Beispiel mit Zähnen, Krallen, Haarballen, Fettreserven und dem beeindruckenden Killerblick.

Gezeugt wurde ich irgendwann so vor drei bis vier Jahren und kam zwei Monate danach als Babykatze auf einen Bauernhof in Niederkatzen zur Welt. Dort verbrachte ich meine Jugend frei von traumatischen Einflüssen, wie Missbrauch durch Nachbars Ente oder Flugzeugabstürzen.

Hier lebte ich in einer Scheune, die am Feldweg links neben der Hecke jenseits der Mauer zum Nachbarn vor dem großen Wald unterhalb des Steinhügels lag, auf einem Bauernhof zwischen Milchkühen, Ziegen und Schafen.

Meine Nahrung musste ich mir selbst besorgen. Manchmal hatte ich Glück und sah einen dicken Köder mit dem Aussehen einer atomar mutierten Ratte, die gerade noch Zeit hatte, ein spitzes Quiiick von sich zu geben. Manchmal fand ich auch nur eine aufgerissene Corn-Flakes-Packung, die aufgeweicht in einer Pfütze Erbrochenem herumschipperte.

Jeden Tag flehte ich den Gott der Fellkugel an, dass er mir doch helfen sollte, doch der sprach nur: *Lächle und sei froh, denn es könnte schlimmer kommen*. Und ich lächelte und war froh und es kam schlimmer.

Ich landete in einer Familie, die Kinder hatten. Das waren verlauste, die Mittagsruhe durch lautes Schreien und Rennen störende kleine Menschen, für die Sport ein absolutes Fremdwort war, ganz im Gegensatz zu McDonalds und Burger King.

Sie kosten Unmengen an Geld und sind sie erst mal auf der Welt, gehen die Kosten für Windeln aufgrund der nicht vorhandenen Stubenreinheit ins Immense. Dafür wird am Essen gespart und man kommt mit stark fetthaltigen, industriell hergestellten Lebensmitteln vollkommen aus. Essen aus der Dose und stark zuckerhaltige Limonade sind preiswert zu bekommen und äußerst sättigend.

Das wirkte sich auch auf mein Futter aus, welches ebenfalls für inhaftierte Nagetiere verwendet wurde, um illegale Verhöre zu führen. Ja, ihr lacht, ich musste damit leben, schön war das nicht. Wenn das Leben dir Zitronen gibt, dann mach Limonade draus, wenn du keine Zitronen hast, dann geh aufs Klo und scheiß drauf.

Und dann immer dieser Stress mit den Pommeskindern: tu dies nicht, tu das nicht, komm her, geh weg, mach an, mach aus, leck mich am Arsch, leck mich nicht am Arsch.

Haupteinsatzgebiet für die heutigen Teppichratten ist die Lebensmittelindustrie, wo sie als günstiger Rohstoff für Werbemaßnahmen verwendet werden, die der Klassifizierung *dumm wie Brot* angehören und somit ein gewisses Maß an Lebensmitteltauglichkeit mitbringen.

Allerdings führt Werbung auch zu Missverständnissen wie die Waschmittelwerbung, die den Schmutz wie ein Magnet aus der Wäsche zieht. Hier wurde vergessen zu erwähnen, dass immer noch eine Waschmaschine von Nöten ist, um das Produkt sachgerecht zu nutzen. Und welche Vorteile hat ein Schokoriegel, der in der Milch schwimmt, warum bringt Meister Propper ein Alpenpanorama auf die Kacheln und was gibt es an einer Zigarette noch zu verbessern? Na klar, sie soll endlich so gesund wie Gemüse werden.

Aber man wird nie aufhören dumme Kinder in die Welt zu setzen, anders ist es nicht zu erklären, dass es immer mehr Vollhirne gibt und immer weniger Überflieger.

Eine Änderung trat erst ein, als ich an mein jetziges Herrchen weitergereicht wurde. Hier bekomme ich Menüs mit den klangvollen Namen Hühnerfilet an Spargelspitzen mit Käsesoße, Lachs und Forelle kleinge-schnetzelt in feiner Sauce, Kalb und Trut-hahn an Grauburgunder mit Reis, Rind und Lamm raffiniert mariniert und Ente in lecke-rer Pate. Es sind Menüs, dessen Namen schon dafür sorgen, dass winzig kleine in der Mundschleimhaut verteilte Drüsen das Wasser im Mund zusammenlaufen lassen.

Eigentlich ist mein Herrchen ein netter, wohlgefälliger Mensch, wenn er nicht jeden Morgen aussehen würde, als wenn er vom Gouda angebrüllt wurde.

Aber eigentlich ähneln wir Kater den männlichen Menschen in vieler Hinsicht, un-terscheiden uns nur durch den Besitz von Kreditkarten und dass sie ihren Namen in den Schnee schreiben können, dass wir un-ser Revier mit Duftstoffen markieren, wäh-rend sie ihr Territorium mit Bierdosen und gebrauchten Unterhosen kennzeichnen, und dass ihre rudimentäre Körperbehaarung sie nicht vor nackten Tatsachen schützt.

Na ja, und dann sein neurotischer Sau-berkeitswahn, als wenn er ein Fabelwesen aus dem fernen Land Saubermachens ist. Jeden zweiten Tag rennt er mit seinem Flusenmoped durch die Wohnung, obwohl er lieber eine Kreissäge oder eine Bohrmaschi-ne bedienen würde.

Ein Gerät, das mit der Saugkraft einer Gasturbine eines Luftkissenbootes und der Gier eines 100 km/h schnellen Tornados, Schmutz und Staub fachgerecht entsorgen kann und so zwangsläufig jedem Krümel an den Kragen geht. Nur das Geräusch, das wahrscheinlich von einer eingebauten Lochkartenwalze stammt und den Pegel von gehörten 120 Dezibel bei weitem übersteigt, schmerzt in meinen Ohren. Unsere Hörkraft ist um das Dreifache empfindlicher als die des Menschen, sodass wir selbst bei Dunkelheit leckere Mäuse orten können, um sie in uns hineinzustopfen. Sicherlich gibt es auch Katzen, die gegen solchen Lärm robust genug sind, dass man sie fast mit aufsaugen könnte. Aber ich zähle nicht dazu.

Ansonsten geht es mir in meinem neuen Zuhause wirklich gut: Ich werde von meinem Herrchen gestreichelt, wenn ich das will, er spielt mit mir, wann ich es will, und stört mich nicht, wenn ich faulenze; er ist nicht böse, wenn ich mal Dummheiten mache, ich kriege zu fressen, wenn ich hungrig bin, und habe meine eigenen Schlafplätze. Tja, im Gegensatz zu Hunden, die ein Herrchen haben, haben wir eben halt Diener.«

Tommy aus Herrchen-Sicht

Tommy erzählt da wieder totalen Blödsinn, hebt sich in den Himmel, als wenn die Menschen unter einer Globalverödung litten. Dabei ist er nicht anders als andere Katzen, eine bunte Mischung aus Angst und Neugier.

Er ist zwar unkompliziert, pflegeleicht, kratzt nicht an Möbeln, spuckt nicht und pieselt auch nicht daneben, ist wahrlich auch kein dynamisches Aktionbündel, sondern eher der Prototyp einer Schlafmütze, welche die Welt lieber mit einer Tüte Chips vom Sofa aus wahrnimmt.

Aber wenn es ihm einmal in den Sinn kommt, dann kann er ein richtiger Quälgeist sein, eine Nervensäge, ein Unruhestifter, der sich die Aufmerksamkeit durch auffälliges Stören erschleicht. Besonders wenn er Kohldampf hat – und das ist nicht einmal, sondern immer –, dann versuchst er mit allen Mitteln, einen aus der Reserve zu locken, genau wie letztens …

Tommy
Mein Kater und ich

1 Der Weckdienst

… als die geistige Aktivität in Form des Schlafens seine Wirkung verloren hatte, er mal wieder Hunger bekam, in die Küche ging und sah, dass die Fressnäpfe noch leer waren. So schlich er ins Schlafzimmer, um zu sehen, ob sein Herrchen, also ich, schon wach war, doch ich lag noch da und träumte so vor mich hin. Träumte von einer Frau mit rot geschminktem Mund, vollen Lippen, die in leicht nach oben strebenden Mundwickeln mündeten, einer ebenförmigen, nicht zu sehr geschwungenen Nase, hoch sitzenden Wangenknochen, von langen Wimpern umsäumten klaren blauen Augen, leicht gebräuntem Teint und einer makellosen Haut, die glatt und ausreichend feucht war. Von einer Frau in kurzem Rock, einer zum Zerreißen gespannten Bluse und mit einem Lächeln, das mich sogar im Traum verzauberte.

Sie war bei vielen Ehefrauen verhasst, weil sie hübscher und jünger aussah, dafür aber umso beliebter bei den Spekulanten. Es war die Lottofee eines Glücksspiels, mit dem man theoretisch viel Geld gewinnen kann, aber in Wirklichkeit mehr Geld dabei verliert.

Ich blickte auf die Bahn, auf der sich die Glückskugel rollte und die genau vor mir liegen blieb. Ein weiteres Mal rollte eine Kugel und ehe sie ganz still lag, konnte man die Zahl erkennen.

Wieder kam eine und daraufhin noch eine. »Zwei Zahlen noch und sie sind Millionär«, flüsterte die Glücksfee mir ganz leise ins Ohr. Ein Traum wird wahr, ein Traum von Reichtum, von Geld, was attraktiv und begehrenswert macht. Vier Zahlen hatte ich schon, vier Zahlen, die sich mit meinem Lottozettel deckten, vier Zahlen von sechs. Ein ausgekochtes Geldgeschäft war am Laufen, das mich reich, unabhängig und opulent macht, mir Wohlstand, Vermögen und Besitztum vermittelt, mich anlockend, charmant und unwiderstehlich wirken lässt.

Während dieser aufregenden trügerischen Hoffnung rutschte mein rechter Fuß unter der Decke heraus, was Tommy sofort bemerkte, daran schnupperte, sein Gesicht verzog und froh war, nicht im Flieger zu sitzen, denn da wären jetzt alle Sauerstoffmasken aus der Decke gefallen. Vorsichtig tippte er den Fuß an, doch der bewegte sich nicht, schien reglos, unbeweglich und starr zu sein. Dann folgte ein Seufzen von mir, ein Luftholen durch gefletschte Zähne. Ich drehte mich um, legte mich auf die Seite und zog meinen Fuß an, der daraufhin wieder unter der Decke verschwand.

Verdutzt sah der Kater, wie sein gerade neu entdecktes Spielzeug sich aus dem Staub gemacht hatte, und so ließ er sofort seine Vorderpfoten hinterherschießen, doch sie waren zu kurz, kamen einfach nicht an den Fuß heran.

Wieder bewegte sich die Bettdecke, wieder drehte ich mich um, lag nun auf dem Rücken, streckte meine beiden Füße lang aus und somit Tommy entgegen. Zwei imposante Füße, die jeweils mit fünf Zehen behaftet sind, von denen wir nur den großen Onkel und den kleinen Zeh mit Namen kennen, während wir bereits in der Grundschule gelernt hatten, was ein Daumen-, Zeige-, Mittel-, Ring- und kleiner Finger ist. Warum fehlen einem die Worte für die übrigen Zehen? Fehlt es bei der Namensgebung an der individuellen Kreativität? Oder an der ausgeprägten Fantasie?

Hunger machte sich bei Tommy wieder bemerkbar, eine unangenehme körperliche Empfindung, die nach Nahrung schrie, denn nur mit einem vollen Bauch war das Überleben gesichert. So stellte er sich mit den Vorderpfoten auf die Matratze, beugte sich vor, schnupperte zwischen den beiden großen Onkels hin und her, als müsse er sich für irgendeinen entscheiden.

Es ist wie die Entscheidung bei einer Wahl, wo dem Volk vorgegaukelt wird, die Zukunft selbst zu bestimmen. Hier wird der Bürger mit Versprechungen schnell zum Wähler und danach genauso schnell wieder zum normalen Bürger, wobei bei dieser Transformation auch sämtliche Versprechungen in kürzester Zeit in Vergessenheit geraten.

Tommy hatte sich entschlossen, der Rechte sollte es sein, so öffnete er sein Maul, legte die Zunge flach in seinen Unterkiefer und biss herzhaft und entschlossen zu. Ein Schrei wie der archaische Ruf des Dschungelkönigs ertönte, ein emotionaler, nicht kontrollierter Reflex, verbunden mit einer subjektiven Empfindung des Schmerzes.

»Aua, Tommy, bist du bekloppt, das tut weh!«, schrie ich, griff nach dem Zeh und knetete ihn kraftvoll mit den Fingern, in der Hoffnung, dass der Schmerz schnell wieder nachließe. »Kannst du denn nicht warten, bis der Radiowecker zu schreien anfängt oder ich von alleine wach werde?«

Verärgert saß ich da, den Fuß zum Bauch gezogen, rieb den Zeh mit den Händen und pustete ihm meinen warmen Atem zu.

»Ich hatte gerade einen so schönen Traum, hatte von der Lottofee geträumt, die mir gerade zeigte, wie man ganz einfach reich wird, ohne jahrelanges Rackern und Plagen. Ich schaute auf das Ziehungsgerät, ein Gerät wie ein Fortuna-Rad mit neunundvierzig nummerierten Tischtennisbällen, die über Glück und Schicksal, über Millionen und Millionäre entscheiden. Vier Zahlen hatte ich schon, vier Zahlen von sechs. Ein raffiniertes Handelsgeschäft, das reich macht und für Freiheit, Glück, Erfolg und Einfluss steht, doch dann musstest du mir in den Zeh beißen.«

Während ich geistig den Millionen hinterherjagte, hüpfte Tommy aufs Bett, schaute mich mit entschuldigenden Augen an und miaute tröstende Worte: »Mach dir nichts draus, Wünsche sind Träume und Träume sind Schäume.« Dann stupste er mit seinem zur Seite gelegten Kopf an meinem Kinn entlang, um mir zu zeigen, dass er mich auch ohne Geld lieb haben würde.

»Ich hab dich auch lieb«, antwortete ich und strich ihm über den Rücken, was er schnurrend entgegennahm. »Meinst du«, sprach ich dann weiter, »dass ich mal wieder Lotto spielen sollte, wenn man schon davon träumt, ein Millionär zu werden, ein Haus zu besitzen, mit einem riesengroßen Garten nur für dich, teure Autos fahren, eine Yacht im Hafen und Frauen haben, die das Geld unnötig verprassen? Oder besitzt die

Traumwelt nicht den Charakter des Realen?«

Dabei schaute ich ihn fragend an, worauf er seinen Kopf wieder an meinem Kinn entlangzog und mehrmals in seinem unverständlichen Katzenslang miaute, was so viel besagte wie: »Mit dem Glücksspiel kann man theoretisch viel Geld gewinnen, aber in Wirklichkeit mehr Geld dabei verlieren. A-propos verlieren, wie sieht es mit Fresserchen aus, ich leide schon an Gewichtsverlust. Steh endlich auf, es ist bereits sieben Uhr.«

Ich rieb mir die Augen, reckte und streckte mich nach allen Seiten, schob die Decke beiseite und somit auch den Traum vom Reichtum. Irgendwie saß mir an diesem Morgen der Furz quer, ich fühlte mich schwach wie eine leere Flasche, war unausgeschlafen und Groggy. Kein Wunder, es war Montag.

Da hatte ich am Wochenende ein wenig relaxt, mich ausgeruht und entspannt und schon kam die Spaßbremse von einem Tag, der mir dann – jede Woche aufs Neue – vor Augen führt, wie beschissen doch das Leben sein kann. Niemand braucht diesen Tag, niemand hat nach diesem Tag gebettelt und niemand würde auch nur eine Träne vergießen, wenn dieser Tag für immer verschwände.

Torkelnd bewegte ich mich ins Bad, wollte schnell die Tür hinter mir schließen, doch Tommy war flinker, hatte sich noch schnell hineingezwängt, wie jeden Morgen, um während meiner *Sitzung* zu versuchen, mir auf dem Schoß zu springen, was ich ihm jedes Mal verwehrte und er sich daraufhin in meiner Hose laut schnurrend breitmachte.

»Tommy, findest du das lustig, jeden Morgen immer wieder in meiner Hose zu liegen? Schon ein bisschen eigenartig, was du da machst.« Er schaute mich mit fast zugekniffenen Augen an, hatte einen lächelnden Gesichtsausdruck und ließ dabei sein Schnurren noch lauter ertönen. »Ganz normal bist du nicht, so, und nun hoch mit dir, ich will duschen.«

Er stand auf, ging zwei Schritte weiter und ließ sich auf die Badezimmermatte fallen, so als könne er sich vor lauter Schwäche kaum noch halten. Dann ein klägliches, qualvolles, trostloses, bejammernswertes Miau, der Schrei eines Hungerleiders nach etwas Sättigendem. Anfangs hatte ich darauf sofort reagiert, mir Sorgen gemacht, mir ein schlechtes Gewissen eingeredet, doch inzwischen wusste ich, dass es unnütz war, Tommys Genusssucht jedes Mal mit einer Wochenration an Dosenfutter zu besänftigen.

Ich stieg in die Badewanne um zu duschen, und als Tommy das Geräusch der Dusche hörte, verschwand er aus dem Badezimmer, legte sich im Flur auf den Rücken, die Pfoten an den Körper gezogen und beobachtete kopfstehend und spiegelverkehrt das Geschehen durch den Spalt der Badezimmertür. Seine Augen müssen mit einem Umkehrprisma ausgestattet sein, das das erzeugte Bild sogleich nochmals dreht, um es seitenrichtig und aufrecht abzubilden. Dabei fielen ihm so langsam die Augen zu und er schlief ein.

Ich stieg aus der Dusche und fühlte mich immer noch total durch den Wind, unkonzentriert, verwirrt, einfach derangiert, lief an mir vorbei, schaffte es absolut nicht, mich einzuholen. So musste es passieren, dass ich meine Nase mit einem Hakle Feuchttuch ausschniefte, den Schaumfestiger mit dem Rasierschaum verwechselte, das Mundspray als Deo benutze und mich mehrmals beim Rasieren schnitt.

Mit diversen Papierschnipsel im Gesicht, die einen kriegerisch verlorenen Kampf mit der Rasierklinge vertuschen sollten, ging ich in die Küche, kochte mir einen Kaffee Latte, der ein Latte Kaffee wurde, und schmierte mir Tommys Pastete mit Wild und Truthahn aufs Toast, weil ich versehentlich die Aluminiumschalen verwechselte. Doch ohne Frage hat sich Tommy über diese Verwechselung gefreut und den Brotaufstrich genussvoll verzehrt.

Eigentlich sollte ich mich heute krank melden, wer wusste schon, was noch alles passieren würde. Möglicherweise würde ich auf die Fresse fallen, wenn ich über die Straße gehe, worauf ein auf mich zukommender PKW ausweichen müsste, gegen einen Benzintransporter knallt, der Feuer fängt, die Flammen dann zu meinem Pech auf meine Wohnung übergreifen und mich und meinen Kater obdachlos machen würden.

Tommy schlich an meinen Beinen entlang, wollte auf sich aufmerksam machen, doch meine Gedanken waren ganz woanders. Wie ein widderähnliches Säugetier fing er an mit seinem Kopf gegen mein Schienbein zu stoßen, doch ich blieb abwesend, war noch versunken in der Fantasie, die Arbeit zu schwänzen.

Dann ein Recken an meinem Bein empor, ein Ausstrecken der Pfote mit illustrativ in Erscheinung tretenden Krallen. Eine gefürchtete Waffe, die sich leicht und zufällig in das Fleisch eines Gegners verheddern konnte. So auch hier, wo sich liebevoll und schmerzhaft die Krallen in mein Knie bohrten. Ein temporäres Ereignis, das Gefühle erleiden ließ, die sich durch einen lauten Schrei und starke Emotionen auszeichneten.

»Aua, Tommy, das tut weh! Sag mal, bist du nur noch bekloppt, oder was?«

Mit äußerst kräftigem Druck rieb ich mit der Handfläche übers Knie und versuchte damit, den Schmerz zu besänftigen. Dabei beobachtete ich Tommy, wie er zu seinem Fressnapf ging und demonstrativ an der leeren Schüssel leckte. Dies konnte zum einen bedeuten, dass er darauf hinweisen mochte, wie schrankfertig die Schüssel geputzt war, andererseits konnte es auch heißen, dass er noch unbändigen Hunger hatte und vor lauter Gier sogar mit den Schweinen zusammen aus einem Trog fressen würde.

Da ich meinen Kater zur Genüge kannte, wusste ich, dass Hunger bei ihm ein Dauerzustand ist, und so sprach ich: »OK, ich hab verstanden, deine kleinen Männchen im Bauch rufen nach Arbeit.«

Ich ging zum Vorratsschrank, holte einen Portionsbeutel heraus, der von Weitem schon kulinarisch aussah, wobei ich *aussehen* schnell mit dem *Absehen* assoziierte, da ich bei einem schlecht aussehenden Essen schnell einsehen musste, dass ich davon absehen konnte, jemals ein anderes Essen zu bekommen.

»Was hältst du von Lachs mit Mäusege-schmack in Käsesahnesauce? Dann brauchst du deine Pfoten nicht bei irgendwelchen Tö-tungsdelikten schmutzig zu machen.«

Zur Überbrückung seiner Hungerkrise war es ihm egal, was auf den Tisch beziehungs-weise in den Fressnapf kam, Hauptsache schnell und reichlich.

»So, mein kleines verfressenes Ungeheu-er, und pass auf, dass dir der Gürtel nicht reißt, wenn dir die Haut zu eng wird, und sei nicht so laut beim Platzen.«

»Sehe ich aus wie das Double von den Wildecker Herzbuben oder knarren bei mir die Steintreppen?«, protestierte der Kater miauend gegen die Boshaftigkeit seines Herrchens.

Mit unüberhörbaren schmatzenden Ge-räuschen eines vorbildlichen, niedlichen, sympathischen und grunzenden Ferkels, das besonders im Ganzen, mager und saftig am Spieß gebraten schmeckt, wurde die Mahl-zeit in Sekundenschnelle niedergemetzelt. Auf das Spezialmenü Bin-schon-weg-Essen folgte die fanatische Körperpflege. Eine Rundum-Reinigung, als wenn er im überfüll-ten Fressnapf zwischen Pansen und schwe-dischem Surströmming-Fisch geschlafen hätte und nun nach einer in der Sonne ste-henden Biotonne stank. Keine Stelle ließ er

aus; wo er nicht direkt mit der Zunge ran-
kam, wurde abwechselnd eine Pfote be-
feuchtet und dann über die schwer erreich-
baren Stellen gestrichen.

Es muss an der üblen Nachrede des Ko-
rans liegen, der behauptet, Katzen seien
unrein, weshalb sie sich stundenlang putzen,
um derartige Anschuldigungen nicht auf sich
sitzen zu lassen.

Ich hatte mich zwischenzeitlich doch entschlossen, den Tag auf der Arbeit zu ver-
schlafen, statt hier die Wände anzustarren,
von denen ja genügend da waren. So zog
ich mich an und verabschiedete mich:

»Tommy, ich hau jetzt ab, bin aber gegen
Mittag wieder da. Wenn das Telefon klingelt,
sag, ich ruf zurück, und wenn es an der Tür
läutet, lass keinen Fremden rein. Sei also
brav und mach keine Dummheiten.«

Mit fast geschlossenen Augen saß er da,
total übermüdet, riss das Maul beim Gähnen
zu weit auf, sodass er fast durch den Rück-
stoß des Kopfes nach hinten umgefallen wäre. Danach marschierte er ins Wohnzimmer
um seine Müdigkeit im Liegen zu bekämpfen.

2 Räuber oder Feind?

Als ich gegen Mittag nach Hause kam, ging es mir schon wesentlich besser, stand nicht mehr neben mir, hatte alles wieder voll im Griff und so schloss ich leise die Haustür auf, schlich mich in die Wohnung, um meinen Kater nicht bei seinem wohlverdienten Mittagsschlaf zu stören. Plötzlich hörte ich Stimmen und dachte an einen Einbrecher, schwarz gekleidet mit schwarzer Farbe im Gesicht, der sich auf krimineller Weise unbefugten Zutritt zu meiner Wohnung verschaffte, ohne mich vorher um Erlaubnis zu fragen. Sofort griff ich nach einem Gegenstand, einem Schirm, der an der Geradrobe hing, und schlich dem Geräusch entgegen. Dann wurde es für einen Moment still, unheimlich still. Es war nicht die Stille, die entstand, wenn alle in einem Haus schliefen, nein, es war eine andere Stille, eine bedrohliche Stille.

Mein Herz pochte wild und unregelmäßig, als hätte ich an einem Marathon teilgenommen. Da wieder ein Geräusch, ein unheimliches Geräusch, ein Poltern, als wenn etwas Schweres zu Boden gefallen ist und nicht zerbrach. Vorsichtig bedacht, keinen Ton von mir zu geben, schlich ich schweißgebadet voran, wagte nicht zu atmen und versuchte meine Gedanken zu ordnen. Ich bekam Durst, mein Mund war wie ausgetrocknet, ein unangenehmes Gefühl mit einem widerlichen Geschmack auf der Zunge. Was ist, wenn der Einbrecher bewaffnet ist, wenn es ein Mörder oder gar ein Sexualstraftäter ist?, dachte ich.

Mit dem Regenschirm könnte ich ihn wahrscheinlich nicht mal erschrecken, dennoch nahm ich meinen ganzen Mut zusammen, um mich dem Eindringling zu stellen, ihn vielleicht zu vertreiben, was mir bei genauer Überlegung eher zweifelhaft erschien. Ich überlegte kurz, ob ich den Regenschirm wieder zurückstellen und stattdessen vielleicht eine effektivere Waffe nehmen sollte, ein Messer. Nein! Jetzt war ich so weit gekommen, wenn ich jetzt umkehrte, hätte ich es nicht noch mal gewagt; wahrscheinlich wäre ich vor Angst abhauen.

Auf einmal dachte ich an meinen Kater, wo mochte der wohl sein, der arme Kerl? Ängstlich irgendwo versteckt in einer Ecke, unter dem Sofa, auf dem Schrank, in den Gardinen, hinter der Heizung. Was muss er durchmachen, vom Einbrecher erschreckt, getreten, verscheucht zu werden. Hoffentlich ist ihm nicht passiert, er ist doch mein einziger Freund, dachte ich, außer ihn hab ich doch niemanden, der mich wirklich versteht, der fühlt, wenn ich traurig bin, der mir immer wieder mit seinem Miau ein Lächeln auf das Gesicht zaubert.

Ich blieb kurz stehen, als ich wieder ein Geräusch hörte, ein leises Geräusch, ähnlich einem Flüstern. Oh Gott, zwei Einbrecher, was mach ich nur? Jeder Muskel war angespannt. Ich versuchte, mich auf das Schlimmste vorzubereiten, und setzte meinen Weg mutig fort, in die Richtung, aus der das Geräusch kam, aus dem Schlafzimmer.

Als ich am Flurspiegel vorbeischlich und hineinschaute, erschrak ich. Der Spiegel zeigte Dinge, die man selbst am liebsten nicht sehen wollte. Nein, es ist nicht das Vertauschen des Spiegelbildes von Links und Rechts selber, es ist die Spiegelwirklichkeit, die man sieht, die Parallelwelt. Die Angst, die einem im Gesicht steht, Intelligent genug zu sein, sich etwas Bedrohliches vorzustellen. Eine Angst, welche die Knie zittern lässt, die Hose durchfeuchtet und ein schließmuskellähmendes Gefühl erzeugt.

Langsam schlich ich weiter, lugte durch den Spalt der geöffneten Tür, konnte nichts erkennen, horchte hinein, nahm aber nichts wahr. Während ich den Schirm mit der einen Hand noch fester umklammerte, griff ich vorsichtig nach der Klinke, nach diesem kalten Metall, schob die Tür auf und …

… erstarrte.

Der Fernseher lief, mein Kater lag mit gespitzten Ohren auf dem Bett, schaute mich fragend an, hatte die Fernbedienung unter einer seiner Pfoten liegen und erfreute sich über die Ausstrahlung der hunderttausendsten Wiederholung einer Endlosserie.

»Tommy, weißt du, was du mir für einen Schrecken eingejagt hast? Ich dacht', die räumen hier die Bude aus, stattdessen liegst du da und schaust dir seelenruhig irgendwelche Seifenopern an. Ich dacht', ich krieg 'nen Herzkasper, hab mir Sorgen um dich gemacht, weil ich nicht wusste, wie es dir geht, wo du bist, was du machst, ob der Eindringling dir was Böses angetan hat oder du vor Ängstlichkeit dich irgendwo eingesperrt hast.«

Ich nahm auf dem Bett platz, sofort kam Tommy heran, setzte sich auf meinen Schoß, hob die Pfote und streichelte mir damit über die Wange, als wenn er damit sagen wollte: »Nicht böse sein, wollte mich nur beschäftigen.«

»Na, hat jemand angerufen?«, fragte ich Tommy, um mich von dem Schreckensszenario abzulenken. Eigentlich eine alberne Frage, denn an dem Blinken des Telefons hätte ich es bemerkt, ob jemand angerufen hat oder auch nicht. Aber Tommy versteht alles, was ich sage, und so antwortete er mir mit einem kaltschnäuzigen Miau:

»Wer soll dich schon anrufen, Peter Zwegat, die Heilsarmee, Zeugen Jehovas, Ikea oder alle vier?«

Ich stand auf, holte mir frische Klamotten und ging ins Bad. »Ich geh erst mal duschen und danach gibt es was Leckeres zu fressen«, sprach ich zu Tommy, stellte mich in die Wanne und ließ das warme Wasser auf mich herabfallen. Es war ein angenehmes Gefühl, wie der harte Strahl auf den Schultern landete, den Rücken massierte und dann weich seinen Weg über den Unterkörper zum Wannenboden suchte. Mit einer Aromaseife reinigte ich meinen Körper und verbreitete damit einen angenehmen Duft auf der Haut.

Tommy lag derweilen im Flur mit Blick auf die Badezimmertür und wartete. Es war wie das Warten in einem Supermarkt, wo Menschen sich gegenseitig anschreien, aber nicht wissen warum; wie an einem Postschalter, wo durch minimalen Einsatz von Mitarbeitern Warteschlangen erzeugt werden, oder wie das Warten auf den Sommer, der in Deutschland alle drei Jahre erscheint.

Eine Zeit zwischen Leben und Tod, wie die Galgenfrist bei einem Veterinär, der nicht gerade Veteran auf dem Schlachtfeld der Bildung ist. Ein mittelmäßiger Realabschluss mit einer Vier in Biologie reicht heutzutage vollkommen aus.

Hier sitzt man dann zwischen anderen Vierbeinern, wie Hunden aus der Familie der Haus-, Heim- und Nutztiere, Katzen mit zehn Leben und mehr, Vögeln, die Flügel haben und fliegen können, sowie Kriechtieren und anderen Reptilien, wie intelligente und einfühlsame Menschen.

Ein Besuch beim Arzt ist immer eine Scheißsache. Er flickt alles zusammen, was in anderen Ländern sonst zu Nahrung verarbeitet wird. Ein Grund, niemals krank zu werden. Und wenn ein Tierarztbesuch doch unvermeidbar ist, dann sollte man seine Katze loben, auch wenn sie ihre Krallen durch das Gesicht des Arztes gezogen hat.

»Der Alte ist ja immer noch unter der Dusche«, dachte sich Tommy und ging in die Küche die Schuhe inspizieren, die unter der Heizung auf einem Tuch standen. Die meisten Herrenschuhe werden von männlichen Menschen getragen, jedoch überwiegend von weiblichen Menschen gekauft. Nur in diesem Fall nicht, hier handelt es sich um Arbeitsschuhe, eine Art Kampftreter, die sich überwiegend vom Fußschweiß ernähren und in der Regel vom Arbeitgeber gestellt werden.

»Boah, die stinken, als wenn da ein Karnickel vergraben wurde oder sonst was gestorben ist. Ein Geruch wie eine wandelnde Fischfabrik, als wenn sich Magenschleimhäute zersetzen. Bei solchem Gestank sehnt man sich freiwillig den Tod herbei«, miaute sich der Kater in die Schnurrhaare.

Tief kroch er in den Schuh hinein, drückte mit den Schultern die Schaftseiten auseinander, mit dem Kopf die Lasche nach oben und tastete sich mit einer Pfoten bis zur Vorderkappe vor. Dort krallte er sich die Spitze der Einlage, zog sie Stück für Stück heraus, schnupperte und bekam einen Gesichtsausdruck, als wenn er die direkte Einwirkung eines Schlages auf einen Boxsack imitierte.

Sofort griff er sich die Einlage, schmiss sie in die Luft und während der Flugphase nahm sie eine aerodynamisch günstige Lage ein, sodass Tommy mit einer für das menschliche Auge kaum wahrnehmbaren Technik die Einlage in der Luft zerriss. In drei Teilen schwebte sie wie ein Gleitflugschirm zu Boden und ein vormals funktionierender Zustand wurde funktionslos.

Dann erfolgte der Angriff auf den anderen Schuh und die Tatsache, dass auch hier eine Einlage zum Vorschein kam, ließ ihn immer mutiger werden. Er lag flach auf dem Boden, der Kopf zwischen den Pfoten liegend, die Ohren windschnittig angelegt, Augen oval verengt und der Blick starr nach vorn gerichtet, hypnotisierend auf die andere Einlage, die bereits schon halb aus dem Schuh hing.

Diese Anpeilphase benutzte der durchtrainierte Kampfkater Tommy, um die Schwachpunkte des Feindes anzuvisieren. Leicht wedelte der Schwanz hin und her, zuckte ab und zu, doch es tat sich nichts. Eine Unentschlossenheit machte sich breit, eine Unentschlossenheit, sich sofort auf den Feind zu stürzen oder lieber noch zu warten, zu flüchten oder anzugreifen, Weichei zu sein oder Idealist, Muttersöhnchen oder Haudegen. Versessen schaute er auf das in etwa fünfzig Zentimeter entfernte, einsame, allein stehende Opfer. Sekunden vergingen, eine undankbare Erscheinung, die dafür sorgte, dass die Gegenwart zur Vergangenheit wurde. Man kann sie nicht sehen, nicht hören, nicht fühlen oder schmecken und doch ist sie da, die Zeit und das überall.

Das nervöse Wedeln des Schwanzes legte sich, der innere Konflikt schien ausgestanden zu sein, das Hinterteil ruckte hin und her, der Blick immer noch anvisierend auf das Objekt über die Drei-Punkte-Sichtachse, Auge – Nase – Ziel.

Tommy hob das Hinterteil leicht an, die Augen angsteinflößend groß, der Blick delinquent und dann, mit der Disziplin eines Leichtathleten beim Staffellauf, der gekonnte Absprung. Die Pfoten waagerecht, der

Körper leicht gebeugt, zwei Schritte, dann ein kurzes Abbremsen und die bogenförmige Bewegung der rechten Pfote schlug die Einlage aus dem Schuh.

Im hohen Bogen landete sie in der Mitte der Küche und Tommy warf sich mit seinem kompletten Gewicht auf sie, wollte sie walzen, plattmachen, zerquetschen. Mit seinen sieben Kilo konnte Tommy die Widerristhöhe einer Deutschen Dogge, die Schulterbreite von Arnold Schwarzenegger und die Beißkraft einer Müllpresse erreichen und so zerfledderte er die Einlage in Hunderte kleine Einzelteile.

Nachdem ich meine chemische Reinigung beendet hatte, mich anzog und auch Tommy inzwischen in eine Ruhelage zurückkehrte, die bereit war für neue Aktionen, ging ich in die Küche, um meine gute Laune mit einem Kaffee zu belohnen.

Doch die Laune hielt nicht lange an, als ich sah, dass man ohne akrobatische Verrenkung nicht durch die Küche kam. Zu tausenden Teilen zerrissen lagen die Einlagen zerstreut herum und mitten drin der siegesbewusste Kater. Den Schwanz um den Körper gelegt, die Ohren zur Seite gedreht, die Schnurrhaare nach vorne gerichtet, Augen weit aufgerissen, schnurrte er seine Zufriedenheit aus.

»Ey, Tommy, was hast du da gemacht, das sind doch nicht etwa meine Einlagen? Die waren fast neu! Mann, Tommy, was soll der Scheiß? Du hast Spielzeug im Überfluss, überall liegen sie herum, ständig stolpere ich darüber, breche mir fast die Knochen, musst du dann auch noch meine Schuheinlagen zerfleddern? Wie sieht es hier nur aus, ist ja schon eine körperliche Meisterleistung, überhaupt an den Mülleimer zu kommen.«

Tommy antwortete mit seiner lautmalerischen Kommunikation, dass es ihm eigentlich leid täte, er aber dem Geruch nicht widerstehen konnte und es vermeiden wollte, dass man mir auf der Straße einen Euro in die Hand drücken würde, damit ich nicht unter der Brücke schlafen müsse. Ich ging zum Schrank, holte eine Kaustange raus, gab sie ihm, damit er aus der Küche verschwandt und ich die Fetzen beseitigen konnte.

So holte ich Handfeger und Schaufel aus dem Schrank und freute mich über diese Gegenstände, mit denen man unter anderem auch Schmutz und Dreck zusammentragen kann. Den Handfeger kann man aufgrund seines kurzen Stieles leider nicht zum Fliegen benutzen, dafür ist aber die Schaufel besonders nützlich für den berüchtigten Streich: *Oh, Sie haben da keine Fliege im Gesicht.*

Tommy kam in die Küche, sah mich auf dem Boden hocken und den Handfeger im Halbkreis um mich herumbewegen.

Eine Bestie, dessen Rücken nackig war und nur am Bauch sich Fell befand, das am Boden entlang schliff. »Ein eigenartiges Tier, ein Außerirdischer; eine Luftspiegelung oder eine Wahnvorstellung«, miaute der Kater leise vor sich hin und schnappte herausfordernd nach den Borsten, als diese an ihm vorbeifegten. Doch sie waren lang, dünn und irgendwie glatt, die Borsten, rutschten gleich wieder aus der Kralle. Sofort versuchte er es nochmal, nahm beide Pfoten, um sie festzuhalten, heranzuziehen und zu untersuchen, zu probieren, ob so was essbar war. Doch es missglückte wieder.

Als ich den Handfeger hinlegte, um den Dreck auf der Schaufel im Mülleimer zu entsorgen, sprang er mit vollem Körpergewicht auf dieses Monstrum, nahm ihn zwischen die Vorderpfoten, biss in das haarige Gestrüpp hinein und trommelte dabei wie wild mit den Hinterpfoten gegen den felllosen, nackten Stiel.

»Ey, Tommy, das ist ein Handfeger, keine mutierte Ratte. Gib ihn her.«

Ich nahm den Feger, hielt ihn vor Tommys Nase, der erst mal daran roch, die Ungefährlich- und Ungenießbarkeit feststellte

und dann ausgiebig mit dem Hals daran ent-
langschabte, als handelte es sich um eine
igelartige Bürste.

3 Gourmand oder Gourmet

Nachdem alles wieder sauber war, hatte ich mich entschlossen einen Kuchen zu backen, bevor die Butter im Kühlschrank ranzig wurde. Ein grätenfreies Süßgebäck, das in Slapstickfilmen oft als Wurfgeschoss verwendet wird.

Als ich den Kühlschrank öffnete, wunderte ich mich über die gähnende Leere in dieser praktischen Erfindung. Eigentlich könnte ich doch mehr von den gut gekühlten hellen Blondinen bevorraten als nur die zwei, dessen Haltbarkeitsdatum bereits hart an der Grenze war, dann hätte dieses Stromfressende Gerät ausgefüllter gewirkt. Ich versuchte das Gefrierfach zu öffnen, stellte aber fest, dass die Klappe durch das Eis versiegelt war. So rüttelte und zog ich, riss und zerrte dran, ruckte mit aller Kraft und hatte plötzlich den Griff in der Hand.

Durch die äußerliche Gewalt sprang auch gleichzeitig widerspruchslos die Klappe auf, so konnte ich hineinsehen und bemerkte unter einer meterdicken Eisschicht verborgen einen Klaren, was zum Herauslösen den Einsatz eines Eispickels erforderlich machen würde. Ich schloss die Klappe soweit es ging, nahm Eier und Butter heraus und fing an, einen Teig zu formen.

Tommy hatte sich inzwischen unter dem Tisch platziert und beobachtet, wie Butter, Zucker, Eier und Mehl vermengt wurden, wie Backpulver, Vanillezucker und Salz in der Schüssel verschwanden, wie ich Apfelstücke in Zitronensaft und Zimt einlegte, die später dem Teig zugeführt werden sollten. Dann kam der Mixer zum Einsatz, der alles durcheinanderschleuderte und zermatschte, bis alle Zutaten die gleiche Farbe hatten, was man dann als Teig bezeichnen konnte.

Während der Mixer, zur Freude für Tommy, einige Spritzer auf den Fußboden verteilt hatte, fettete ich die feuerfeste Form mit raffiniertem Olivenöl ein. Ich hatte mich für raffiniertes entschieden, weil die Rauchentwicklung erst bei 220 Grad beginnt, der Kuchen aber nur bei 190 Grad im Backofen schläft und somit aus ihm keine Räucherware wird.

Tommy hatte inzwischen den Boden von den drei Spritzern gereinigt, ging daraufhin ins Wohnzimmer, um dort seinen Körper durch die Kräftezehrende Reinigungstätigkeit in den Ruhestand des Schlafes zu versetzen. Zehn Minuten später, nachdem alle Zutaten verknetet und in der Form gelandet waren, rief ich:

»Tooommmmmy, komm zu Papa, komm, darfst die Schüssel auslecken.« Mit einem Schwung vom Sofa, ein Abschnellen seines

Körpers mit allen Pfoten, um möglichst gigantische Höhen, Weiten und Tiefen zu überwinden, stürzte er in die Küche und fing an, die Schüssel mit seiner Zunge systematisch zu vergewaltigen.

Mit seinen sieben Kilo glaub ich nicht, dass er Übergewicht hat, obwohl er alles verschlingt, was ihm vorgesetzt wird. Es gibt viele Katzen, denen man die Dosierung ihrer Futterration selbst überlassen kann, ohne dass sie aus dem Ruder laufen, mein kleiner Tommy gehört nicht dazu.

Als der Kuchen daraufhin im Backofen verschwand, ging ich auf den Balkon, um mich von dem Stress des Backens zu erholen. Umgeben von dichten Blütenteppichen, die an der Balkonbrüstung hinabhingen und mich mit Düften erfüllten, setzte ich mich in diese von prunkvollen Farben verwandelte grüne Oase. In den Ecken standen hohe Kübelpflanzen, als attraktiver Blinkfang, davor kleine Solitärpflanzen, die eine zusätzliche Gartenatmosphäre mit reichlicher Blütenvielfalt schafften; alle befanden sich in Terrakottatöpfen, um einen mediterranen Charme auf den Balkon zu zaubern.

Plötzlich hörte ich ein dumpfes Geräusch – als wenn jemand mit dem Fuß gegen die Tür trat, als wenn sich jemand aus einem Schrank befreien wollte, als wenn jemand ständig mit dem Kopf gegen die

Wand detonierte. Ich lauschte dem Geschehen, doch dann wurde es auf einmal wieder still. So ging ich durchs Wohnzimmer in den Flur, den Kopf seitlich nach rechts gedreht, um die Geräusche mit dem linken Ohr besser auffangen zu können, und da war er wieder, dieser klanglose hohle Ton. Auf Zehenspitzen schlich ich zur Küche, wusste, dass das Geräusch nur von Tommy kommen konnte, und dann sah ich ihn, kämpfend mit der Schüssel, die immer wieder vor ihm weglief und gegen Schrank, Tisch und Stuhl stieß. Als er sich erhob, rutschte die Schüssel über seinen Kopf und er sah aus wie Calimero, die spanische Zeichentrickfigur mit der Eierschale auf dem Kopf.

Mit einem kräftigen Ruck entledigte er sich der Schüssel und ein Kopf kam zum Vorschein, der die besten Voraussetzungen geschaffen hatte, einen Neidbonus bei anderen Katzen zu erhaschen. Mit seinem Aussehen, dem geschickt verteilten Teig rund um die Schnauze, würde er in freier Wildbahn nicht lange alleine bleiben und Zuwendungen durch andere Vierbeiner erhalten.

»Komm, Tommy, ich mach dich sauber«, sprach ich zu ihm, »bevor du es ins Wohnzimmer trägst und auf dem Sofa verschmierst.« Doch Tommy wollte sich selber reinigen, den Teig selber ablecken, schmecken, was die Nase wahrnahm, sich sättigen an dem, was die Augen sahen. So ließ ich ihn in Ruhe und ging wieder hinaus auf den Balkon.

Eine Stunde hatte ich Zeit, bis der Kuchen schön aufgegangen sein und eine silbrig glänzende Kruste haben würde; bis er fertig war. Ich studierte währenddessen die massenhaften Postwurfsendungen, die ständig den Briefkasten überfüllten, mit ihren Sonderangebote und den Schnäppchenpreisen, mit Waren, die man gestern noch teuer gekauft hatte und heute zum halben Preis erhielt.

Tommy kam frisch geputzt auf den Balkon, setzte sich vor mich hin und hoffte, dass in diesem Moment seine Gedanken völlig unerwartet bei mir landen würden. Eine Ironie der schweigsamen Worte, die man mit der Vorstellung benutzt, der andere würde sie verstehen und beantworten. Doch nichts tat sich.

Dann ertönte ein leises, erbärmliches Mau, begleitet von einem hypnotisierenden Blick auf die Rückseite eines Werbeprospektes, den ich vor meiner Nase hielt und mit dessen Angebot ich mich intensiv beschäftigte. Es kam ein etwas lauteres Miau, dann ein lang gezogenes, jämmerliches Miaaauuu und schließlich ein lautes, aggressives M-I-A-A-A-U-U-U.

Ich erschrak völlig, zuckte zusammen, wusste aber sofort, was Tommy meinte, er hatte Durst. Nicht, dass die fünf Schalen mit Wasser, die hier verteilt herumstanden, frisch genug waren, nein, das Wasser musste erst durch die Erde einer Pflanze gefiltert werden, bevor es dem Gaumen dieses Gourmet-Katers schmeichelte.

»Tommy, ich kann nicht alle halbe Stunde die Blumen gießen, nur weil du der Meinung bist, dass das Wasser in den Schalen bereits nach drei Minuten abgestanden und fade schmeckt. Denk an die Blumen, wenn die erst mal Staunässe haben, dann kann es passieren, dass sie irgendwann abfaulen.«

Geblendet von der Sonne saß er mit fast zusammengekniffenen Augen da und schaute mich gelassen, genügsam und mit geduldigem Gemüt an. Liebevolle Gefühle durchfluteten meinen Körper und ich stellte mal wieder fest, dass ich ihm einfach nichts ausschlagen konnte. So nahm ich die Gießkanne und begoss die ovalen glänzenden Blätter der leuchtend feurigen samtroten, besonders reich blühenden Sundaville von oben nach unten, von unten nach oben.

Wie eine Kaskade lief das Wasser von einem Blatt auf das anderen herunter, wie ein Durchlauferhitzer ließ Tommy das Wasser in sich hineinlaufen, als ob er den Schluckdrang irgendwie zurückhielt. Seine Zunge wurde immer hektischer, hastiger und eiliger, um all das Wasser aufzunehmen. Voller Neid und Missgunst flatterte die Zunge hin und her, schob alles in sich hinein, kein Tropfen sollte verschwendet, kein Spritzer für die Pflanze zurückgelassen werden. Hier galt das Recht des Stärkeren, das Faustrecht, die mutmaßliche Orientierung, die zweifelhafte Abstammung, die Form des Wachstums, der Wohngegend, der Herkunft, der Glaubwürdigkeit oder auch Unglaubwürdigkeit, sich nicht zu benachteiligen, sich lieber selbst zu bevorzugen.

Nachdem er bis zum Stehkragen vollgetankt war, den Staub von den Blättern geleckt hatte, der sich zuvor mit Fliegenkot und anderen Schmutzpartikeln vermischte, ließ er sich im Schatten des Tisches nieder, putzte seinen aufgeblähten Bauch und schlief dann auf den warmen Fliesen ein. Seine Pfoten zuckten, er träumte wohl von seinem Mundschenk, seinem Hofbediener oder auch Sklaven, der gekleidet in eine einfarbige, unverzierte Tunika ihn mit Getränken versorgte. Ein Kleidungsstück, das aus rechteckigen Wolltüchern bestand, die an den Schultern mit einer metallischen Gewandnadel verbunden waren, bis zu den Knien hingen, eine Farbe wie Haferbrei hatten und an der Taille durch einen Gürtel zusammengehalten wurden.

Er ist schon ein drolliger Kater, hat manchmal sogar gepflegte Umgangsformen, als entspross er dem nobelsten Rassegeschlecht, obwohl er aus einem verlausten Haushalt mit halbwüchsigen schreienden Pommeskindern stammt.

Nachdem ich sämtliche Wurfsendungen studiert hatte, widmete ich mich der Zeitung mit den vier großen Buchstaben, die angeblich keiner liest, aber trotzdem eine Millionenauflage hat. Ihre Themen sind sehr interessant und treffen den Geschmack der Leser genauestens, wie zum Beispiel: woran erkenne ich, ob mein Kater schwul ist.

Knallharte Fakten und Tatsachen werden präsentiert, um dem Bürger hautnah zu berichten, wie zum Beispiel über die Frau, die ihren Mann durch den Fleischwolf drehte, und Bild zuerst mit der Frikadelle sprach. Dann die aussagekräftige Überschrift zu dem Ereignis: lesbische Nutten von Ufos entführt und zur Hungerkur gezwungen, der Tatortbericht über den Doppelmord im Fahrradschlauch, Täter entkam durch das Ventil, die Wirtschaftskrise: ist der Euro wirklich nur noch 100 Cent wert?

Regelmäßig warnt man vor dem drohenden Weltuntergang, damit noch rechtzeitig die Ersparnisse verjubelt werden können, und auf der Titelseite befindet sich immer ein Foto, das den seelischen Notstand alleinstehender Männer lindern soll. Fast im Alleingang hält diese Tageszeitung die deutsche Druckerschwärze-Industrie am Leben und gibt untalentierten Journalisten ein Gnadenbrot.

Eine Zeitung, mit der man einen toten Fisch beleidigt, wenn man ihn darin einwickeln würde. Nutzbar ist sie nur als Anzündhilfe für das heimische Kaminfeuer, als Fliegenklatsche oder als Zudecke im Stadtpark, um Körper und Seele vor der kalten Realität zu schützen. Aber jeder liest das, was ihm gefällt, denn nicht jeder, der aus dem Rahmen fällt, war vorher im Bilde.

Tommy wurde wach, reckte sich nach allen Seiten, landete mit einem Sprung auf meinen Oberschenkeln, kämpfte sich unter der Zeitung hindurch und legte sich mitten auf den Artikel, den ich gerade zu lesen beabsichtigte. Schnurrend schaute er mich an, doch ich nahm ihn und stellte ihn auf den Boden.

Als ich wieder tief in einem Artikel versunken war, setzte er erneut zum Sprung an, diesmal gezielter, direkt unter der Zeitung hindurch, und landete vor meinem Gesicht. Auge um Auge, Zahn um Zahn, Stirn an Stirn standen wir uns gegenüber, schauten uns an, als hätten wir uns vorher niemals gesehen. Blicke trafen sich, Blicke berührten sich, Gedanken wurden ausgetauscht, doch keiner verstand sie.

»Du weißt, in welche Richtung meine Gedanken gehen, ohne dass ich groß ein Wort sagen muss, oder?«, sprach ich zu Tommy. Doch der ging auf meine Worte nicht ein, fing an zu treteln und sorgte dafür, dass die Zeitung ein Aussehen erhielt, als käme sie frisch geprägt aus dem Reißwolf. Ich nahm abermals den Kater und stellte ihn wieder zu Boden, der daraufhin ein gehässiges Miau von sich gab und unterm Tisch verschwand.

Nachdem ich den zerschredderten Rest zusammengefaltet hatte, ging ich in die Küche, um den Kuchen zu wecken, denn der war fertig. An meine Fersen klemmte sich Tommy, da er die Meinung vertrat, dass jeder Gang in die Küche mit dem Ritual der unbezwungenen Nahrungsaufnahme verbunden war, wo mindestens achtzig Prozent seines Fressens in der Mülltonne landete, um in seinen Augen die Dekadenz auf ein angemessenes Maß zu bringen.

Ein zarter Duft von Vanille und Orchideen, von Bratapfel mit Zimt und Zucker, von buttrigem Teig und knusprigem Gebäck stieg in meine Nase. Ein Geruch, der hungrig macht und Erinnerungen weckt, an Omas Apfelkuchen mit Apfelgeschmack und andere grausame Geschichten. Eigentlich hasste ich Oma, weil sie mich immer wieder auf irgendwelche Hochzeiten mitgeschleppt hatte und während der Eheschließung mich immer in die Seite gepikst und kichernd gesagt hatte: »Du bist der Nächste, du bist der Nächste!« Das hatte mich total genervt und sie hat erst damit aufgehört, als ich auf einer Beerdigungen das Gleiche mit ihr gemacht hatte.

Ich holte den Kuchen aus dem Backofen und dieser angenehme Geruch ließ mich vollkommen zufrieden werden. Tommy saß davor, reckte seinen Hals, öffnete den Mund, rümpfte die Nase und zog die Oberlippe zurück. Tief atmete er den Duft des Kuchens ein, ließ das Aroma von der Zunge einfangen und an den Gaumen weiterleiten. Dann streckte er sich ganz lang am Unterschrank empor zur Arbeitsplatte, wedelte mit der Pfote und fing an laut zu jammern, als könne er es nicht abwarten zu kosten.

»Tommy, warte doch ab, der Kuchen muss erst abkühlen, dann kannst du ihn probieren, wobei es mich nicht wundern würde, wenn du Kuchen isst.«

Manchmal ist er schon ein kleiner Feinschmecker mit ausgeprägten Geschmacksnerven, der nur liebevoll zubereitete Speisen an seinen empfindlichen Gaumen gelangen lässt. Obwohl andererseits er auch die Lebensweisheit eines Gourmands und nicht die eines Gourmets vertritt: Muss nicht schmecken, muss nur viel sein.

Ich nahm die Backform, drehte sie um in der Hoffnung, der Kuchen fiele von alleine raus, doch er blieb stecken. So klopfte ich zunächst zaghaft gegen die Form, dann etwas heftiger und schließlich mit der Faust dagegen, doch der rührte sich einfach nicht. Mit einem Messer versuchte ich den Rand zu lösen, bog die Form eine wenig auseinander, rüttelte, schüttelte, stieß sie auf die Arbeitsplatte, doch der Kuchen klebte wie Sau. Wut stieg in mir auf, verfärbte mein Gesicht in einem gesunden rötlichen bis purpurnen Ton und ließ die Adern entlang der Schläfe deutlich hervortreten.

»Verdammte Scheiße, warum kommst du nicht raus?« schrie ich den Kuchen an, nahm ihn und hämmerte diese verdammte blöde Form auf die Arbeitsplatte. Immer wieder schlug ich zu, denn irgendwann musste er ja mal rauskommen, und siehe da, ich spürte eine Bewegung, ein Hin- und Herschwingen. Freudestrahlend legte ich die Form langsam nieder, klopfte leicht noch mal auf den Boden und merkte, wie der Kuchen sich ruckartig löste. Vom Erfolg gekrönt, hob ich die Form an und staunte nicht schlecht.

Es ergab sich der Anblick einer Dünenlandschaft mit Sandrampen, wellenförmigen

Rippeln, Flugsanddecken, Parabol-, Bogen- und Sicheldünen sowie Kreuz- und Gitterverwehungen. Der Kuchen brach ungleichmäßig zur Hälfte heraus, während der Boden sich weiterhin an der Form festhielt. Die dabei entstandenen Krümel fielen zu Boden und wurden sofort von Tommy einverleibt, als handelte es sich um einen Burger auf Rädern.

»Scheiße, wieso klebt der da noch drinnen, hier draußen ist doch viel mehr Platz«, meckerte ich ihn an, nahm einen Bratenwender und holte die Schicht vorsichtig heraus. Dann legte ich beide Teile übereinander, kaschierte die Spuren der brachialen Gewalt mit ein wenig Zuckerguss und verschwand ins Wohnzimmer.

4 Fernsehen zu zweit

Ich legte mich auf die Récamière meines Ecksofas, schaltete den Fernseher ein und rief: »Komm, Tommy, komm zu Papa, Nachrichten fangen an.« Er kam angetrampelt, sprang auf meinen Bauch und stand erst mal für einige Augenblicke unschlüssig da. Dann drehte er mir zunächst sein Hinterteil zu und fing an zu treteln. Das Treteln diente dazu, sein Herrchen als seinen Besitz zu kennzeichnen. Dabei geben Katzen einen Duft ab, der aus den Drüsen der Tatzen-Unterseite stammt, ähnlich wie bei Hunden, die ihr Revier bepinkeln, oder wie bei Menschen, die schwitzen, und was wahrscheinlich der einzige Grund ist, weshalb sich junge Mädchen für die Ausbildung zur Parfümeurin entscheiden.

Während dieses Milchtritts wendete er sich wieder, legte sich hin, klappte die Pfoten ein und schaute mir direkt ins Gesicht. Schnurrend starrte er mich an, ließ mich keine Sekunden aus den Augen, wartete, dass meine Hand ihn streichelte. Die Vibration des Schnurrens drang mir ins Innere und ich verstärkte diese Wollust durch Streicheln seines samtweichen Felles, was er mit sichtlich immer lauter werdendem Wohlbehagen entgegennahm.

Seine Zunge glitt über meine Hand, leckte sie so, wie eine Katzenmutter es mit ihren Jungen tut, so als würden sie geputzt werden. Das raue Mehrzweckinstrument rieb sich wie eine Bürste, wie eine Raspel zwischen den Fingern, an der Handoberfläche entlang zum Armgelenk und wieder zurück zu den Fingern. Ein muskulöses Organ, das von winzigen Erhebungen bedeckt ist, kleine nach hinten gebogene Häkchen besitzt, die Richtung Rachen zeigen. Sie helfen der Katze feste Nahrung, sogar lebende, sich wehrende Beute festzuhalten, zu trinken und sich zu reinigen.

»Da sieh nur die Nachrichten im Fernsehen, Angela Ferkel hat sich für den Freizeitpark Dschungel Camp nominieren lassen, die möchte ich sehen, wenn sie die Aufgabe erhält, ekelige deutsche Eisbeine essen zu müssen. Hä hä, und Karl Theodor zu Googleberg plant einen Copy-Shop zu eröffnen, um Studenten, die keine Zeit für ihre Diplomarbeit haben, da sie ständig auf Party sind, die Chance zu geben, Secondhand-Titel zu kaufen. Die Sozialarbeiterin Ulla-reiß-dich-von-der-Leine engagiert sich aktiv gegen das Aussterben der Deutschen und versucht, diese zur Nachzucht zu gewinnen. Auch die Grünen engagieren sich stark, sie wollen sogar beim Sex Energie sparen. Was sagst du dazu, Tommy?«

Tommy erhob seinen Kopf und mit einem merklich gequälten miau meinte er: »Wen interessiert diese Quizsendung mit Heile-Welt-Atmosphäre? Man sollte sich lieber die Frage stellen, warum die Tagesschau stets fünfzehn Minuten dauert, obwohl manchmal mehr und manchmal weniger auf der Welt passiert.«

Er stand auf, sprang von mir runter und machte einen Buckel, als wenn er sich mit dieser gymnastischen Dehnübung auf ein bevorstehendes Sportereignis vorbereiten würde. Dann ein tiefer Atemzug und im Verlauf dessen öffnete sich sein Maul, die Zunge wurde herausgestreckt, die Spitze leicht nach oben gewölbt und die Augen geschlossen. Ein Gähnen entstand, ein lautloses Gähnen, was mit dem Einziehen der Zunge, dem Schließen des Mauls und der gleichzeitigen Ausatmung endete. Daraufhin ging er in die Küche, wo die Brekkies mit einem animalischen, dröhnenden Geräusch niedergemetzelt wurden, als wenn jemand nachts neben einem liegt und Nüsse knackt. Tommy kam zurück, sprang auf die Couch und blieb direkt im Sichtfeld zum Fernseher stehen.

»Tommy, ich kann nichts sehen!«

Tommy schaute mich an und blieb starr stehen.

»Tooommmmy, du stehst im Sichtfeld, kannst du mal zur Seite gehen, ich würde gerne Fernsehen.«

Wieder schaute er mich an, in seinem Kopf dreht sich die Überlegungsspirale, versuchte Vorstellungen, Erinnerungen und Begriffe in eine Erkenntnis zu formen. Ein Prozess, der eigentlich unbewusst, absichtslos, unwillkürlich und mühelos abläuft.

»Tommy, bitte, mach Platz, hier!« Ich klopfte mit der Hand auf das neben mir liegende Kissen, eines seiner Lieblingsschlafplätze, doch er ließ seinen Blick nicht von mir ab, kam mir näher und schnupperte an meiner Nase. Während seine Schnurrhaare anfingen zu kitzeln, schnurrte er, als wenn er mich friedlich stimmen oder gar beschwichtigen wollte.

»Tommy, geh endlich auf dein Kissen, und nerv nicht!« Seine Schnauze befand sich immer noch dicht an meiner Nase, sein Blick immer noch auf meine Augen gerichtet und seine Barthaare immer noch streichelnd vor meinem Gesicht. Für die einen ist das Kitzeln ein großer Spaß, für die anderen eine große Folter und so musste ich mich erst mal über Augen, Nase und Mund streichen, um das Gefühl von Tausenden von auf mir lagernden Katzenhaaren zu entfernen. Dann nahm ich Tommy, setzte ihn auf sein Kissen und meinte:

»Du bist manchmal eine Nervensäge, wie kreischende Kinder, die nur niedlich sind, wenn sie schlummernd im Kinderwagen des Nachbarn liegen. Fangen sie erst mal an zu sprechen, dann bilden sie auf Spielplätzen konspirative terroristische Vereinigungen mit ihren Artgenossen und erklären den Erwachsenen den heiligen Krieg.«

Tommy miaute in klangvollen Variationen, von Klagen, Fordern, Betteln, bis hin zu Ängstlichkeit. Er hatte verstanden, was ich meinte, kam selbst aus einer Familie mit vielen Kindern, die ihn so fest streichelten, dass sein Bauch sich ständig auf den Fußbodendielen abzeichnete, wo man ihn am Nacken getragen hatte, dass ihm die Luft fast weg blieb, und wo sich die Kinder an seinem Schwanz festhielten, um sich durchs Zimmer ziehen zu lassen.

Kinder gehören zu der unangenehmsten Sorte von Lebewesen, verstehe nicht warum Politiker bisher kein Kinderverbot ausgesprochen haben. Man könnte so viel Geld einsparen, das man bisher unnötigerweise für Kindergärten und Schulen ausgegeben hat. Fertig entwickelte Menschen kann man von anderen Kontinenten bekommen, die bereit sind für 'n Apfel und Ei alle notwendigen Arbeiten in der deutschen Wirtschaft zu übernehmen.

Aber wir Erwachsenen waren ja auch mal Kinder, Männer länger als Frauen. Bei den Frauen hört meistens der Zustand mit dem Erreichen der Pubertät auf und kehrt in Form der anhänglichen Ehefrau wieder.

»So, Tommy, jetzt fängt deine Lieblingssendung an, CSI. Und siehe da, sie rücken wieder mit ihrem Hummer H2 an, ein Fahrzeug, das mit Eleganz und Innovation verschmolzen ist, wie Eigelb und Eiweiß. Und wieder die berüchtigte Frage von Horatio Caine: Ist die Leiche auch wirklich tot?«

Tommy schaute zum Fernseher, hörte mir dabei zu und versuchte die Worte mit den Bildern in Einklang zu bringen. Er sprang vom Kissen, setzte sich in einem Meter Entfernung vor die Mattscheibe, reckte seinen Kopf ein wenig in die Höhe und verfolgte das Geschehen.

»Ah, Miss Calleigh Duquesne, die Waffenexpertin, die sofort weiß, aus welcher Waffe und aus welcher Richtung geschossen wurde, bevor die Leiche überhaupt getroffen wurde. Und da der durchsichtige Bildschirm, der gut für die Augen und die Konzentration ist, besonders wenn die Kolleginnen dahinter in Stöckelschuhen und Ausschnitten bis zum Bauchnabel längst eiern.«

Tommy schaute weiter zum Fernseher, bewegte den Kopf hin und her, als wenn er ein Tennismatch verfolgte.

»Jetzt verdächtigt Horatio auch noch den Hund des Nachbarn und verfolgt ihn mit einem Hubschrauber. Hey, Tommy, hörst du mir eigentlich zu?«

Tommy hat sich inzwischen hingelegt und befand sich im Land der Träume, fern ab vom Reality-TV, wo Täter ermittelt werden, die Schuhsohlen haben, die es in ganz New York nur zweimal gibt. Früher bei Schimanski und dem Alten, da wurde noch richtig ermittelt, heute wird nur noch das Schwarze unter den Fingernägeln in den Computer eingegeben und zwei Sekunden später erscheint der Täter auf dem Bildschirm.

Es wurde spät und so rief ich Tommy zu, der immer noch der asiatischen Kampfsportart nachging, dem Sh'la fen: »Ich geh jetzt Bubu machen, es ist schon spät. Gute Nacht, Tommy, und schlaf gut.«

5 Das Katzenklo

Der nächste Morgen kam und ich wurde nach langer Zeit mal wieder durch meinen eifersüchtigen Radiowecker wach, der mir den Schlaf raubte. Es ist die grausame Rache dafür, dass ich mein Bett mehr liebe als ihn. Mit einem »Guten Morgen« begrüßte die Moderatorin die Hörer und leierte die Nachrichten dermaßen gelangweilt herunter, dass man gleich wieder in einen Dämmerschlaf verfallen konnte. Danach die halbwegs abwechslungsreiche Wortwahl des Wetterdompteurs, der sich erst mal mit den Worten »Guten Morgen, liebe Hörer und Hörerinnen« einschleimte und dann von Regen, Sonne, Sonnenschein, schönem Wetter, schlechtem Wetter, viel zu heiß, viel zu kalt, Schnee, Hagel und Graupelschauern sprach. Doch was konnte ein Morgen schon Gutes bringen, wenn man aufstehen musste?

Ich schaute auf den Wecker, halb sieben, eine der beschissensten Tageszeiten, die es überhaupt gibt, da man meistens noch müde ist. Aber ich war plötzlich wach, konnte alles ganz genau wahrnehmen, hörte, wie die Milben in meinem Bett sich über Kochrezepte unterhielten, und roch gleichzeitig das Katzenklo von Tommy, das im Badezimmer stand. Ein beschwingter Morgen, in munterster Stimmung, vollkommen wach und überhaupt nicht mehr müde. Doch eigentlich hatte ich heute frei, wieso war ich wach und dann noch munter? Ich starrte zur Decke, sie war weiß und hatte unzählige schwarze Flecken, die aufgrund der morgendlichen Dunkelheit nicht so ganz zu identifizieren waren.

Gehgeräusche nahm ich wahr, kleine Schritte, die dazu neigten, jedes Detail zu kontrollieren, Schritt für Schritt das Leben zu überprüfen. Dann der Sprung aus dem Stand direkt auf meinen Bauch. Ein Gefühl, als wenn eine Frau auf einem liegen würde, die sich im Flugzeug eher lieber zwei Sitzplätze reservieren lassen sollte.

»Mensch, Tommy, erschreck mich doch nicht immer so«, schimpfte ich mit ihm. »Du weißt doch, ich kann das morgens noch nicht so ab. Und vor allem nicht immer auf meinem Bauch, irgendwann kotz ich und dann hast du ne Straßenpizza im Gesicht.«

Leise hörte ich das Rascheln der Bettwäsche, als Tommy sich in Richtung meines Kopfes bewegte, sich hinlegte und schnurrend mein Gesicht beschnüffelte. Seine Vibrissen fingen an zu kitzeln, ein schmerzhaftes Druckmittel, wenn man sich standhaft weigert, über schlechte Witze und alte Gags zu lachen.

»Oh Tommy, du bist so schwer, geh mal runter, Papa will aufstehen.« Er strich mit seiner Nase an meinem Kinn entlang, erzählte miauend, dass er mal wieder am Verhungern sei und sprang daraufhin auf den Boden. Ich stand auf und machte mich daran, die mysteriösen Flecken an der Decke zu untersuchen. Dabei stellte ich fest, dass es gar keine Flecken waren, sondern nur die Struktur der Raufasertapete, die aufgrund von Schatten schwarz erschien. So ließ ich davon ab und verließ das Schlafzimmer.

Wie jeden Morgen lief mein Kater mit erhobenem Schwanz vor mir her, vergewisserte sich durch einen prüfenden Blick nach hinten, ob ich ihm auch folgte, und landete dann vor seinem leeren Futternapf, wo ich einen strafenden Blick erhielt, weil es doch meine Aufgabe ist, die Näpfe ständig nachzufüllen. Manchmal hab ich das Gefühl, er möchte sichergehen, dass ich seinen Futterplatz auch finde und er hier die Rolle des Navigators übernimmt.

Ich setzte Kaffeewasser auf und entfernte mich aus der Reichweite seines Futternapfes, ohne ihn zu füttern, um mich erst mal im Badezimmer frisch zu machen. Sein Gedränge nach Futter lässt ganz schnell nach, er findet sich vorübergehend damit ab, dass es jetzt noch nichts zu fressen gibt, und wendet sich anderen Dingen zu, zum Beispiel mich ins Bad zu begleiten. Täglich die gleiche Prozedur. Während ich auf der Toilette sitze, der versuchte Sprung auf den Schoß, den ich im verwehre, dann das Liegen in meiner Hose und der zufrieden schnurrende Ausdruck eines Katers.

Doch sobald ich unter der Dusche stehe, verschwindet er und setzt sich wartend in den Flur. Verlasse ich das Bad, ist auch Tommy wieder sofort zur Stelle und trägt mit zäher Beharrlichkeit erneut seine Forderungen vor.

Ich holte eine Schale Katzenfutter aus dem Schrank heraus, las das Etikett durch und dachte mir nur, was Katzen doch für ein nobles Leben haben, mit was für einem Festschmaus sie verwöhnt werden.

»Heute gibt es Lachs und Forelle mit Kartoffeln und Diestelöl. Esse also langsam, genüsslich und würdige das, was du kriegst. Weißt du eigentlich, dass in einer Studie bewiesen wurde, dass 97,8 % aller bekannten Stoffe durch den Magen verdaut werden und dass man bereits in den Mägen von Kumpels deiner Sorte Sachen wie Windeln, Fernbedienungen und Barbiepuppen gefunden hat, wodurch sie besonders fett aussahen?«

Desinteressiert war Tommy damit beschäftigt, sein Fressen in Windeseile zu verschlingen, bevor sich andere daran vergreifen könnten, andere, die nicht da waren. Eine Art Futterneid, weswegen ich ihm schon die Mahlzeiten in drei Rationen einteile, schließlich liegt die Verantwortung für die Nahrungsmenge allein bei mir, denn ihm fehlt einfach die Vernunft nach der Gier. Danach ging er auf sein Katzenklo und verbreitete einen Gestank, dass man beim Einatmen sich den Tod freiwillig herbeiwünschen würde.

»Oh, Tommy, verwest du innerlich, das ist ja ein Gestank schlimmer als in der Klärgrube. Verbreitest du ehrenamtlich so einen Geruch oder kriegst du Geld dafür? Das beißt ja schon richtig in der Nase.«

Ich machte mich auf der Stelle hin, um es zu reinigen, denn die Nase ist eines der lebenswichtigsten Organe überhaupt und sollte nicht mit solchen Gerüchen misshandelt werden. Sie ermöglicht es, nicht nur den Geruch eingelegter Schnürsenkel und Krawatten zu erschnuppern, sondern auch den Achselschweiß der im Tierpark eingesperrten Affen wahrzunehmen.

Selbst die äußerst feinfühligen Nasenhaare gestatten es, die kleinsten Unebenheiten in einem noch so raffiniert zubereiteten Keks zu erspüren. Nein, sie erlaubt uns sogar, Gut und Böse voneinander zu unterscheiden, Recht und Unrecht gegeneinander abzugrenzen sowie Wahrheit und Lüge zu erkennen.

Die Nase entstand durch Gott, denn der hatte noch ein bisschen von dem Lehm übrig, aus dem er den Menschen gebrannt hatte. Also beschloss er, das Gesicht ein bisschen zu verändern und formte kurzerhand die Nase. Obwohl ihr nur ein Bein zur Verfügung steht, kann sie laufen, wogegen ihr das Gehen allerdings verwehrt wurde.

Während ich das Katzenklo reinigte, was wohl nie ein Trendsport werden wird, es aber wichtig ist, damit er sich nicht einen anderen Ort für sein Business aussucht, dachte ich mir, warum Selbstreinigende Klos nicht zum Standardsortiment einer jeden Zoohandlung gehören. Selbstreinigende Backöfen, Scheiben und Filter gibt es doch schon überall. Warum gibt es kein farbiges Streu, passend zur Badeinrichtung, buntes Klopapier kann man in jedem Supermarkt kaufen, und warum gibt es keine Aufkleber mit Katzen in Dominastiefeln?

Ich schaute in die Schale mit dem Substrat und überlegte, ob es wohl am Streu liegen mochte, dass seine Deutschländer immer senkrecht obenauf stehen und nicht wie normalerweise üblich flach zu liegen haben. Eigentlich ist er ein eifriger Gräber, erweckt oft den Eindruck, als wolle er einen Tunnel zum Nachbarn unter uns graben, wobei er immer einen richtigen Sandsturm verursacht.

Bei der Befüllung der Wanne mit saugfähigem Katzenstreu bemerkte ich, dass die Körnchen der Konsistenz her dem kolumbianischen Kokain ähneln. Das könnte vielleicht der Grund sein, dass mein Kater immer wieder lustige, schräg-bunte Bilder sieht und dann hinter dickhäutigen Mäuseratten herläuft, die es gar nicht gibt. Eine Halluzination, die auftritt, wenn Illusionen nicht mehr helfen.

Tommy saß am Eingang und beobachtete das Geschehen, wie sein Personal seine Toilette säuberte, wie die Badematten ausgeschüttelt und das Streu zusammengefegt wurden und im Müllbeutel landete, wie sein Klo einfach in der Badewanne verschwand. Protestierend legte er sein Veto ein: »Miau«, was so viel heißen sollte, dass das Klo nicht in die Badewanne gehöre.

»Tommy, ich muss hier erst mal wischen. Man sagt zwar, ihr seid intelligenter als wir Menschen, aber davon wird das Bad auch nicht sauber, also raus hier.«

Er verschwand ins Wohnzimmer, während ich die fliesenbedeckten Böden des Badezimmers, Flurs und der Küche wischte, die anschließend vor Nässe nur so glänzten.

»Ich bring jetzt nur kurz den Müll runter und du bleibst solange im Wohnzimmer. Nicht, dass du mir über den nassen Boden läufst.«

Als ich wieder in der Wohnung war, rief ich: »Tommy, ich bin wieder da.« Normalerweise kommt er angerannt, wenn er meine Stimme hört, oder steht bereits an der Tür, wenn er meine Schritte im Flur wahrnimmt, doch diesmal kam keine Reaktion. Der wird doch nicht anfangen mir zu gehorchen und im Wohnzimmer geblieben sein? Doch da war er nicht und so vermutete ich ihn im Schlafzimmer, aber auch hier Fehlanzeige. Selbst nicht in der Küche, in seinem liebsten Wirkungskreis, der mit Nahrung in Verbindung gebracht wird und somit ein wichtiger Lebensraum zur Erhaltung der Fettleibigkeit ist. So ging ich ins Bad und traute meinen Augen nicht. Tommy lag im Waschbecken und schlief.

»Ach ne, neuen Schlafplatz gefunden? Soll ich mir zukünftig die Zähne über der Badewanne putzen oder warum döst du da? Mach, dass du da rauskommst.«

Ich fasste nach ihm und er fing an zu schnurren. Ich streichelte ihn und das Schnurren wurde lauter, ich griff unter seinem Bauch und hörte ein fragendes, unzufriedenes Mau. Dann setzte ich ihn auf den Boden und sein klagendes Mau wurde heftiger, bösartiger, worauf er beleidigt, seines neuen ergonomischen Schlafplatzes beraubt, verschwand.

Nachdem ich das Katzenklo für Tommys Sandkuchengeschäft und alle anderen Gegenstände an Ort und Stelle wieder verbracht hatte, zog ich mich an, um einen fairen Tausch Lebensmittel gegen Geld vorzunehmen. Bei solchen Veranstaltungen schaue ich erst mal an der Kasse nach der Verkäuferin und dann nach der kürzesten Schlange, um mich von korpulenten Kassiererinnen, die ständig über unwichtige Dinge streiten, fernzuhalten.

»Ich geh jetzt kurz einkaufen, komme gleich wieder. Du passt hier gut auf, lässt keinen rein und machst den Fernseher nicht an. Bis gleich.«

Und wieder war Tommy allein. Das Alleinsein kann man nicht in Gruppen praktizieren, denn allein ist man dann, wenn sonst keiner da ist, und das ist das Besondere am Alleinsein. Ein Zustand der Isolation, die den Gemeinschaftsgeist und das Zusammengehörigkeitsgefühl spürbar mindern lässt.

Meistens pflegen Katzen dabei Aktivitäten auszuführen, die sonst zu kurz kommen, zum Beispiel sich in den Wäschekorb zu der sauberen Wäsche legen, die noch warm ist vom Trockner, oder Herrchen zeigen, wie

Wäschestücke richtig zusammengelegt werden. Man kann auch Bettbezüge und Laken angreifen, um sie gefügig zu machen.

Ist einem vom Toben dann übel, kotzt man einfach, und wenn man nicht gerade im Bett ist, dann versuch man so schnell wie möglich dorthin zu kommen. Falls die Zeit nicht reicht, muss der Teppich dran glauben, notfalls reicht auch ein Sessel oder das Sofa.

Aber eine gute Katze ist aber auch eine ausgeruhte Katze, so wie Tommy, der erst mal ein bisschen von dem Tag verschläft, damit er nachts auch fit und munter ist.

Als er wach wurde, hörte er die Motorengeräusche eines Henry Ford Mondeo, ein Fahrzeug, das Unmengen an Sprit frisst, qualmt und stinkt, ohne was sinnvolles zu tun, aber in Polen als diebstahlsicher gilt. Der Name Mondeo wurde vom italienischen Wort *il mondo* abgeleitet, was so viel wie *die Welt* heißt. Kein besonders schöner Namen für ein Allerweltsauto, aber besser als der KA von Ford, was übersetzt *keine Ahnung* heißt.

Tommy hatte bereits sein Ohr an die Tür gelegt und lauschte, als ob er die wunderbaren Klänge einer Blaskapelle hörte, die unterschwellige Botschaften über schwer wahrzunehmende Töne aussandte. Doch es war nur sein Herrchen, der vollgepackt mit einem melodischen Gang die Treppe hinauf kam.

Schon eine Etage tiefer hörte ich das recht ansehnliche Intermezzo von Miauen, Mauen und Mauzen, wie das akustische Signal einer rolligen Katze bei Vollmond. Mit dem kleinen Ding aus Metall, das die schwierige Aufgabe zu übernehmen hatte, Türen zu öffnen, schloss ich auf und kam rein.

»Na, Tommy, alles klar, lass mich mal durch, muss die Kiste abstellen, die ist schwer.« Mit graziösen Bewegungen, den Kater nicht zu treten, begab ich mich in die Küche, während Tommy die Neugier packte, sich auf die Fußmatte vor der Eingangstür setzte und zum Hausflur hinausschaute, als wenn er noch andere Räume sah, die er kolonisieren könnte. Doch es war nur ein normales Treppenhaus, das früher von Ausdauersportlern zu Treppenläufen und Base Jumping missbraucht wurde.

Heute war der Flur nur noch ein kahles etwas, das kaum zum Verweilen einlädt und deshalb von den Bewohner regelrecht gemieden wurde. Er war der beste Ort, um aufdringlichen Gästen klarzumachen, dass es Zeit war zu gehen.

»Was sitzt du da draußen? Musst du erst mal nachdenken, ob du rein oder raus willst? Los, komm rein.« Doch Tommy reagierte nicht, befand sich in einem tranceähnlichen Zustand und träumt wie immer vom Essen. Von Mäusen, die Medium rare gebraten, zwischen zwei Brötchenhälften, einem Salatblatt, einer Tomatenscheibe und einer Soße aus Rindertalk und Aldi-Senf lagen.

»Tooommmmy, komm jetzt rein!« rief ich. Als wenn ein Blitz durch seinen Körper jagte, zuckte er zusammen und es schien, als wäre es eine Reaktion, die ihn von der Ohnmacht abhielt oder gar davon, auf den Boden zu knallen. Zögernd kam Tommy rein und miaute protestierend:

»Ich bin nicht schwerhörig, war nur gerade mit den Gedanken woanders, der Monotonie ein bisschen entflogen, um neue und große Dinge zu erleben, wie zum Beispiel die Begutachtung des Foyers.«

»Hier, mein Kleiner, hast du eine Kaustangen mit tropischem Gemüse. Ich weiß, dass du kein Grünfutterapostel bist, der Laub, Baumrinde, Tofu oder Tabak frisst, der lieber tierische Nahrung wie Würstchen, T-Bone-Steak, Wildschweine oder fetttriefende Rinder in Soße bevorzugt, aber ein kleines bisschen Gemüse macht dich nicht gleich zum Vegetarier.«

Mit einem heftigen Schlag, schlug er mir die Stange gezielt aus der Hand, die wirbelnd durch die Luft flog und in einem sehr flachen Winkel auf den Boden aufprallte, ausrollte und erst durch einen der Tischbeine zum Stillstand kam. Ungeschützt und deckungslos lag die Kaustange da, auf einer von Osten nach Westen, von Süden nach Norden liegenden Freifläche. Unmittelbar in der Nähe: ein Kater mit Fell in zimtfarbenem Tarnmuster, einer merkbaren Schwellung auf dem Rücken, dem Buckel, und auffälligen, nach vorne gerichteten, sichtbaren Krallen, die die eigentliche Gefahr darstellten.

Den Kopf zum Boden geneigt, das Hinterteil leicht angehoben, die Vorderpfoten unter dem Kinn und das Gewicht auf die Ballen verlagert. Ein Vorstoß wurde vorbereitet, ein Offensivangriff, eine angriffsweisende Stubentiger-Operation. Kurze Überlegung und der Moment kam, wo die Vorderpfoten in die Luft gerissen wurden, die Hinterpfoten sich vom Boden abfederten, der Körper sich fast horizontal durch die Lüfte bewegte, um dann millimetergenau vor der Kaustange zu landen. Ein sagenhafter Weitsprung ohne Anlauf, aus dem Stand, mit präziser Genauigkeit, der mit einem blitzartigen Schwung durchgeführt wurde.

Jetzt kamen die Reißzähne zum Einsatz und mit einer schwingenden Kopfbewegung machte die noch bis dato unversehrte Stange einen Höllenflug durch den luftdurchlässigen Wirkungskreis der Küche. Ein Kampf ums nackte Überleben begann. Tommy holte zum nächsten Schlag aus, ließ sie zur Küchentür rollen und mit letzter Bewegungen schaffte sie es, sich unter der Tür hindurchzuwälzen.

Blitzschnell stand Tommy vor der weit offen stehenden, zum Schrank gerichteten Tür, versuchte mit der Pfote unter dem Türblatt hindurch in den hohlen, schummrigen Ort zu gelangen, doch vergebens, der Spalt war zu eng. Wie ein Gefängniswärter marschierte er an dem Spalt auf und ab, ab und auf, versuchte darunter durch zu lugen, bis er dann schließlich bemerkte, dass an der Drehachse zwischen Zarge und Tür der Spalt wesentlich breiter war. So stemmte er sich mit den Hinterpfoten gegen den Rahmen, den Kopf flach an die Tür gepresst und versuchte so, dem Feind ans Leder zu gehen.

Doch vergebens und so lief er wie der Teufel auf Seelenjagd zum anderen Ende der Tür, krallte mit der Pfote solange an ihr, bis sie sich Stück für Stück vom Schrank wegbewegte und er seinen Kopf hineindrücken konnte. Dadurch sprang die Tür weiter auf und er erblickte sofort die Kaustange, die bewegungslos dalag. Mit einem kräftigen Hieb schoss der sie wieder unter der Tür hindurch, worauf er flink wie der Wind nach vorne stürzte und sie vor einer weiteren Flucht bewahrte, indem er sie in einem Atemzug unzerkaut inhalierte. Tja, wenn mein Kater ein Pferd wäre, dann könnte ich mit ihm Bäume hochreiten.

6 Mein Laptop

Freudestrahlend und siegesbewusst kam Tommy ins Wohnzimmer und putzte sich den Schweiß von der anstrengenden Jagd von Fell. Ich hatte mich zwischenzeitlich auf der Couch breitgemacht, den Laptop auf meinen Schoß genommen und angefangen ein paar Zeilen zu schreiben, als Tommy mit einem Satz fast auf der Tastatur gelandet wäre.

»Ne, ne, Tommy, nicht auf den Schoß, der ist besetzt. Geh du auf Dein Kissen und lass Papa ein wenig hier schreiben.«

Tommy gehorchte, zumindest für die nächsten fünf Minuten, und legte sich auf sein Kissen. Dann näherte er sich, lag ganz dicht bei mir, schaute vorwurfsvoll zu mir auf und miaute kaum vernehmlich, was so viel bedeutete: »Der Platz auf dem Schoß gebührt mir und nicht irgendwelchem Equipment-Proll.« Doch ich reagierte nicht, war zu tief in meine Notizen versunken.

So wanderten seine Pfoten behutsam auf meinen Oberschenkel, er legte seinen Kopf darauf und beobachtete mich mit einem Augenaufschlag, als wollte er mit mir flirten. Dann ein leichtes Abstoßen mit den Hinterpfoten, ein leichtes Vorziehen des Körpers und wieder dieser beeindruckende Blick, der an ein Techtelmechtel erinnerte, an die abenteuerlichste Form, einen Partner kennenzulernen, an den Zweipersonenmodus mit drei Buchstaben, der Abkürzung für *Errare humanum est*, was auf Deutsch so viel heißt wie *irren ist menschlich*. Diskontinuierlich schleppte er sich immer weiter, peu a peu ein Stückchen vor, bis er es schaffte, sich fast komplett auf die Tastatur zu legen.

»Hallo, Tommy, merkst du nicht was? Du siehst doch, dass ich arbeite. Setz dich auf dein Kissen und sei ruhig, oder welchen Buchstaben von Ruhe hast du nicht verstanden?« Böse Blicke straften mich und verhasste Blicke wurden dem Laptop zugeworfen.

Plötzlich klingelte das Telefon, welches ausgerechnet jetzt in der Küche lag. Es war ein mobiles Gerät, das ständig dahin verschwand, wo man es eigentlich nie hingelegt hatte.

Ich schaute zu Tommy und sprach: »Schade, dass du kein Hund bist, der das Stöckchen holen gelernt hat, dann könntest du mir jetzt das Telefon bringen.«

Tommy schaute so, als wenn er dem Gott der Fellkugel danken würde, keins dieser Zuchttiere zu sein, die die Charakterschwächen ihrer Besitzer vertuschen und die Gehwege vollscheißen. Die ihre ganze Freizeit damit vertrödeln, herumzujaulen, unschuldige Postboten anzugreifen und Fahrradfahrern in den Hinterreifen zu beißen; dessen überdimensionaler proportionierter Magen über ein ewig sabberndes und hechelndes Maul befüllt wird und mit der darüber befindlichen immer feuchten Schnauze abwechselnd der Fußboden, der Hintern eines anderen Hundes und Herrchens Kleidung beschnuppert wird. Der den Besitzer mit Knurr- und Beißattacken vom Sofa scheucht, Herrchen und Frauchen durch Juckeln am Bein sexuell belästigt, dessen untersetzter Körperbau optimal zu den dämlichen Gesichtsausdrücken passt und der durch seine übersinnliche Manier, aus zwei Millimeter Entfernung an einem unbekannten Ort problemlos sein Herrchen findet, aber genauso übersinnlich blind ist, jeden ankläfft, der an seinem Hintern vorbeigeht.

»Nun gut«, fuhr ich fort, »dann hole ich es mir selber, denn ohne Fuß kein Ruß, schließlich macht jeder Schritt fit, jeder Gang schlank und jeder zweite geht in die Breite.«

Ich legte den Laptop nebenbei, stand auf und ging in die Küche zum Telefonieren. Währenddessen betrachtete Tommy das offene Gerät aus unmittelbarer Nähe, ein paarungsunfähiger Klappcomputer, der mit *der Laptop* oder *das Laptop* bezeichnet wird, worauf man es bisher keinem Geschlecht zuordnen konnte. Eigentlich wurde er erfunden, um auch denen, die gerade auf dem Klo sitzen und keine Steckdose zur Hand haben, die Möglichkeit zu bieten, E-Mails zu schreiben, Spiele zu spielen und Viren zu programmieren.

Der Bildschirm sieht aus wie das Glaskeramikkochfeld einer promovierten Köchin und die darunter liegende Ansammlung von Buchstaben auf würfelartigen Knöpfen sind kunterbunt auf der Tastatur verstreut. Sie dienen als Hilfsmittel für Analphabeten.

Computer können in Sekundenschnelle Berechnungen erstellen und ebenso schnell den Bediener in den Wahnsinn treiben. Ihr besonderes Zeichen ist, dass sie abstürzen können, ohne sich zu bewegen.

Tommy hatte sich mittlerweile quer über die ganze Tastatur gelegt, wie ein Fakir auf seinem Nagelbett, und freute sich darüber, dass die Tasten sich so perfekt seinem Körper anschmiegten und beim Berühren immer wieder trampolinartig und lustig in ihre ursprüngliche Position zurücksprangen. Plötzlich erschien ein blauer Bildschirm, ein blauer Bildschirm mit Hexadezimalzahlen und Fehlercodes.

»Oh je«, dachte sich Tommy, »ich glaub, da wird gleich ein eiskalter Wind durch meinen Arbeitsvertrag rauschen.« Bewegungslos blieb er liegen, mochte sich nicht rühren, bloß nicht den Blue Screen of Death in einen schwarzen Tod verwandeln.

Als ich austelefoniert hatte und wieder ins Wohnzimmer kam, sah ich nur ein zimtfarben geticktes Fell, das die komplette Tastatur verdeckte. Die Hinter- und Vorderpfoten langgestreckt ragten jeweils weit über den Laptop hinaus und die Schwanzspitze bewegte sich im Einklang mit seiner Atmung auf und ab.

»Tommmmmy, gehst du von der Tastatur runter! Ich glaub, jetzt boxt der Papst im Kettenhemd.« Mit einem gezielten Sprung direkt aus der Liegeposition landete er auf dem Boden und verschwand in seinem Körbchen. Dann wurde mir erst bewusst, was geschehen war. Ein Blauer Bildschirm, auf dem in weißer Schrift Fehlermeldungen erschienen sind. »Scheiße, der Computer ist abgekackt, Tommy, was hast du da gemacht?«

Ich überlegte und plante einen Neustart, um zu sehen, ob da nicht noch größere Fehler entstanden sind. So trennte ich ihn vom Stromnetz, was die Festplatte mit einem abrupten nervigen und quietschenden Abbremsen quittierte. Ein Geräusch, als wenn man mit einem Stück Kreide über die Tafel fährt oder beim Schweißen sich die Hand verbrannt hat.

Festplatten sind nicht zu verwechseln mit jenen, die als feines Gericht bezeichnet werden und in der Frittenbude erhältlich sind, wie Pommes mit Currywurst oder Eisbergsalat a la Olive an feinster Kalbszunge mit Schweineschwänzchen in Apfelmus. Nein, es sind magnetische Speichermedien, die sich in Computern befinden, wo Daten fortlaufend durch spezialisierte Schreibköpfe in einer Spiralform auf die Platte abgelegt werden.

Inzwischen ist der Computer wieder aufgerüstet und Scan Disk wurde ausgeführt. Dann erschien plötzlich eine Meldung: Ihr Computer ist in den letzten dreißig Minuten nicht mehr abgestürzt, deshalb wird jetzt ein Selbstabsturz inszeniert, bitte mit OK bestätigen. Es folgten weitere unverständliche Fragen, Feststellungen und Aufforderungen, wie: Your girlfriend is pregnant! Ignorieren, Abbruch, Wiederholung, Details? Wegen eines Fehlers konnte die Fehlermeldung nicht angezeigt werden. Bitte mit OK bestätigen. Hilfe und Support konnte nicht geladen werden. Bitte rufen sie Hilfe und Support auf, um diesen Fehler zu beheben. Fragezeichen stiegen vor meinen Augen auf wie Bläschen in einer Soda-Flasche.

Dann erschien die erfreuliche Nachricht: Herzlich Willkommen, Sie haben es geschafft. Fahren sie in Zukunft Windows immer korrekt herunter, um dieses Problem zu vermeiden.

»Hallo? Bin ich jetzt schuld daran, dass Windows einfach abkackt, ohne mich vorher zu fragen, oder wie? Arschloch!«

Tommy hatte inzwischen sein Körbchen wieder verlassen, saß neben mir und beobachtete interessiert den Installationsbalken auf dem Bildschirm, als ich die Druckersoftware einrichtete. Eigentlich installiert sie sich von selbst, findet sogar alle Hardware und richtet sie entsprechend ein. Man muss zwischendurch nur ein paar Hinweise mit der Enter-Taste bestätigen, um alle Probleme zu lösen.

Der Installationsbalken hat den rechten Rand des Fensters fast erreicht und wird die Softwareeinrichtung gleich beenden. Tommy erhob langsam seine Pfote, schaute grimmig drein und versuchte mit dieser Art von Drohung sich einen Vorteil zu verschaffen. Er tippte den Bildschirm an, als wolle er den Balken anhalten oder zur Schnelligkeit bewegen. Doch dann erreichte der Balken das Ende, das Fenster schloss sich und die Lade des CD-Laufwerkes öffnete sich.

Erschrocken schaute der Administrator der Fellkugel auf den Datenträger in der Lade, eine Compact Disk mit dem Aussehen einer Frisbeescheibe. Ein Spielgerät, dessen

Fantasien keine Grenzen gesetzt werden, zumal es keine Schiedsrichter gibt. Bedächtig erhob er seine Pfote, starrte dabei auf die Lade, fast schon hypnotisierend, und ließ die Pfote immer höher steigen. Er war auf Angriff aus, fühlte sich von der unerwarteten Öffnung der Lade bedroht und wollte es ihr heimzahlen. Doch ich verwehrte ihm das.

»Tommy, nein!« Sofort ließ er die Pfote runter, schaute mich ungläubig an, während ich die CD herausnahm und die Lade schloss. »So, lass mich mal durch. Ich muss den Drucker holen, um die beiden Seiten noch auszudrucken.«

7 Der Drucker

Ich holte den Drucker aus dem Schrank, stellte ihn auf den Fußboden und verband sämtliche notwendigen Kabel mit dem Laptop. Tommy setzt sich davor und beobachtete, wie einige Bögen in der Papierzufuhr verstaut wurden. Dann setzte ich mich zu meinem Laptop, bediente die Druckertaste und der erste Bogen wurde eingezogen.

Mit großen, weit aufgerissenen Augen schaute Tommy zu, wie das Stück Papier schrittweise eingezogen wurde, wie es förmlich vor seinen Augen verschwand. Unverständlich lief er hinter den Drucker, suchte nach dem Bogen, der doch soeben eingezogen wurde und eigentlich hier wieder erscheinen müsste. Schnell lief er wieder nach vorne und sah, wie das einst weiße Blatt nun mit Buchstaben dargestellt zum Vorschein kam.

Der Kater stand da und man sah wie Tausende von latenten Fragezeichen über seinem Kopf schwebten, als wenn er sich die Frage stellte: wieso gibt es keine überdachten Tunnel, sind Origamifalten eine olympische Disziplin und wenn Maisöl aus Mais besteht, aus was besteht dann Babyöl? Doch die Erwartung blieb aus und so hakte er seine Neugier mit einem Ausrufezeichen ab.

Ich nahm das Schreiben und stellte fest, dass einige Teile ausgelassen wurden, dessen mögliche Ursache verstopfte Düsen sein könnten. Mit der Reinigungsfunktion sind solche Fehler behebbar, doch meistens sind die Patronen danach sowieso leer und so entschied ich mich, sie doch gleich auszutauschen.

Tommy beobachtete jeden Handgriff, jede Bewegung, jedes Tun, als wenn er sich als Azubi auf den Abschluss seiner Gesellenprüfung als Gießer von Lettern vorbereiten würde. Als ich noch Lehrling war, wurde uns immer eingepaukt, niemals den Eindruck zu erwecken, dass wir zu was Höherem berufen waren und dass wir den Chef niemals mit der Frage nerven sollten: *warum Deutschländer eigentlich Deutschländer heißen*. Besser ist es, bei jeder Gelegenheit den Chef in den Hintern zu kriechen und ihm zu beweisen, dass man Briefe und Pakete auch ohne äußerliche Schäden oder Verletzungen öffnen kann.

Die neuen Patronen waren ausgerichtet, Papier eingelegt, Rasterposition gerichtet, Druckertaste betätigt und schon ging es los. Die Walze zog den Bogen vertikal ein, der Druckwagen bewegten sich auf einer Schiene quer hin und her, die Druckköpfe schossen gezielt einige Tintentröpfchen auf das Papier und erzeugen damit ein Druckbild.

Doch Tommy war schneller, hielt den Bogen fest, ließ ihn nicht mehr los und ein Geräusch entstand, als wenn CDs der Wildecker Herzpuppen im Aktenvernichter geschreddert werden.

»Ey, du Contergankind, was soll der Quatsch, hau ab da! Guck mal, was du da gemacht hast«, fluchte ich, um meinen Emotionen ein besonderes Bild zu verleihen. Während sich das Fluchen bei uns Deutschen anhört, als wenn wir einen besonderen Ärger oder eine besondere Wut zum Ausdruck bringen wollen, hört es sich bei den Franzosen an, als wenn sie eine Liebeserklärung machen. »Ey enfant victime, toujours la même chose, faire des pitreries.«

Der Kater verschwand in sein Körbchen, verstand die Welt nicht mehr, miaute aufdringliche Worte, die niemand verstand, jedoch indirekt auf seine Hilfsbereitschaft hinwies, auf sein Nicht-nein-sagen-können-Syndrom. Er wollte den Bogen doch nur vor einer panischen Flucht bewahren, vor dem Abhauen aus einer unangenehmen Lebenssituation, einfach seinen Mach-dich-wech-Gedanken zu unterbinden.

Tommy verhielt sich nicht lange in seinem Körbchen, war zu neugierig, was es mit so einem Drucker auf sich hatte, und so stand er wieder davor und beobachtete mich, wie ich den verklemmten Bogen aus der Walze zog.

Ein erneuter Versuch stand an. Der Cursor bewegte sich zur Symbolleiste auf den Drucker-Button und ein leichtes Berühren des TouchPad sorgte dafür, dass der Druckwagen sofort zur Mitte fuhr, die Düsen sich auf den Zerfall der Tinte vorbereiteten, die Walze noch mal rotierte und ein Blatt eingezogen wurde. Tommy stand da, sah wie der Bogen stufenweise im Drucker verschwand.

Szzzzz und szzzzz, szzzzz und szzzzz machte der Druckwagen, als er von links nach rechts, von rechts nach links pendelte. Ein Drittel von dem reinweißen Papier war noch zu sehen, als plötzlich wie ein Pfeil eine Pfote nach vorne schoss und ihn aufzuhalten versuchte. Ein High-Speed-Angriff. Sofort verkeilte sich der Druckwagen, legte sich während des Einzuges quer und blieb stecken.

»Ach Mensch, Tommy, willst du mich in den Wahnsinn treiben? Musst du immer gleich auf alles draufhauen, was sich bewegt, alles kaputt machen, was du nicht kennst? Verschwinde da endlich!«

Tommy verschwand, legte sich unter die Heizung, verschränkte seine Pfoten, ließ seinen Kopf darauf nieder und beobachtete das weitere Geschehen aus sicherer Entfernung.

Ich öffnete den Drucker, soweit es ging, schaute in das Innere hinein und holte das zwischen zwei Walzen extrem fest eingeklemmte Papier heraus. Dabei riss, wie konnte es auch anders sein, die Hälfte ab und blieb zwischen den Walzen hängen. Bei dem Versuch, den Drucker aus- und wieder einzuschalten, in der Hoffnung, die Walzen würden das Papier weitertransportieren, erschien auf dem Bildschirm des Laptops ein Schraubenschlüssel mit einer Telefonnummer des Kundendienstes. Na tolle Wurst, dachte ich mir.

Solche Dienste führen vom Telefonapparat über mehrere Umwege, strukturierte Verkabelung, Ethernet-Netzwerke, Lichtwellenleiter, kostenpflichtige Musikangebote und wenn man Glück hat nach einem Schaltjahr zu einem Spracherkennungsskript, welches Problemlösungen noch in diesem Jahrhundert verspricht. Vorher sind noch einige Fragen zu beantworten, wie zum Beispiel welches Passwort-, welche Kreditkarten- und welche PIN-Nummer haben Sie? Versteht das Programm die Beantwortung nicht, erfindet es neue Fragen. Versteht es einen dann immer noch nicht, wiederholt es die Fragen bis man entnervt aufgibt und den Hörer auflegt.

Mit einer Pinzette, einem Skalpell und der Prägnanz eines Chefarztes operierte ich die restlichen Papierschnitzel aus dem Innenleben des Druckers heraus. Eine Handgreiflichkeit, für die man besonders abgehärtet sein muss und am liebsten über sechs Hände verfügen möchte. Zwei für das Halten von Skalpell und Pinzette, eine für die anatomische Bedienungsanleitung, zwei für die beglaubigte Approbation und die letzte ausgestreckt nach vorne zeigend, um Opfergaben entgegennehmen zu können.

Nach dieser Ausschlachtung war der Drucker wieder voll betriebsbereit und gab sein undefinierbares Geräusch von sich, als wenn ein kleiner Junge seine mitleidigste Stufe der Frustration erreicht hat und schnieft.

Szzzzz, szzzzz, szzzzz, szzzzz. Zig Düsenpaare husteten hier ihre Tinte aufs Papier und ließen ein fertiges Dokument entstehen.

»So, Tommy, jetzt muss ich schnell noch alles wegräumen, denn Ane und Dieter kommen gleich. Du weißt doch, das ist die alte Pflegerin, die im Rahmen der häuslichen Krankenpflege Wartungsarbeiten an ältere Menschen vornimmt. Als kranke Schwester muss sie wartungsfrei und leicht zu desinfizieren sein; Nerven wie Drahtseile besitzen und einen Rücken haben, auf dem man alles abladen kann; dabei zierlich sein, dass sie in jedes Kleinstauto passt, fünf Dinge zu gleicher Zeit tun und dabei immer eine Hand frei haben.

Im Gegensatz zu den in Altersheimen lebenden Menschen, wo den ganzen Tag Rheumadecken-TV geguckt wird, mit den beliebtesten Sendungen wie Deutschland sucht den Superrentner, Gute Zähne schlechte Zähne, Alarm für Cobra 112, Viagra das Männermagazin und die Sendung Seniorenheim: kein Mittwoch ohne Leiche, ist Ane den ganzen Tag unterwegs, um pflegebedürftige Menschen in deren eigener Wohnung zu versorgen.«

Tommy hatte inzwischen seinen Platz unter der Heizung verlassen und neben mir Platz genommen. Er hörte aufrichtig zu und dachte dabei an die Pflegerin für das Friedhofsgemüse, die ihn wie ein Baby behandelt:

»Eideidei, Dutzi-Dutzi ja haddedadedu in die Katzentoilette gekackt, ja toll haste das gemacht, du kleiner Süßer du, ja du kleiner Süßer dutzi, dutzi.« Ein Moment, in dem Tommy am liebsten die Wohnung fluchtartig über eine imaginäre Rutsche aus dem 21. Stockwerk verlassen würde.

»Weißt du, Tommy, es ist ja auch gar nicht so einfach, in ein Altersheim zu kommen. Die Aufnahmeprüfung soll ja sehr schwierig sein. Erst wenn man das Essen umgehend wieder ausspuckt, sich nicht richtig artikulieren kann, jeder Gang zum Kühlschrank schlimmer ist als der Hanse Marathon, die Frau einem auch im hohen Alter auf die Nüsse geht, man den finalen Spaß noch einmal erleben möchte, nicht hören, sehen und sich bewegen kann, die Zähne nachts an einem anderen Ort schlafen, dann erst ist man ein Kandidat für die Seniorenannahmestelle.«

Er hörte weiter bedächtig zu, verstand jedes Wort, hob seine Pfote, um mir über die Wange zu streichen, als wenn er mich trösten wollte. Aber wozu trösten, ich war eigentlich nicht traurig, zumindest nicht viel, naja, ein wenig schon. Ane ist meine Schwägerin, die mit ihrem Mann kam, die Schwester meiner verstorbenen Frau, die mir in der schwierigen Zeit zur Seite gestanden hat und mir Trost, Hoffnung und Zuspruch gab. Doch es werden immer wieder Erinnerungen wach, die zeigen, wie sehr ich meine Frau vermisse, wie sehr ich sie bewunderte, wie sehr ich sie anbetete, wie sehr ich sie geliebt habe.

Danke, Tommy, dass du da bist, dass du mich verstehst, dass du mir vorführst, wie man es sich wohlig behaglich macht, und dass ich dich nie in einem Zustand nervöser Anspannung antreffe, außer an Silvester, wenn draußen die Böller losgehen. Das empfindest du als Bedrohung und in geduckter Haltung, mit peitschendem Schwanz, furchtsamem Blick verkriechst du dich an einen sicheren Platz, meist im Schlafzimmer unterm Bett.

Danke auch dir Ane, dass du immer für mich da bist, dass du dich in der Stunde des Abschiedes als meine beste Freundin erwiesen hast, und danke, dass du Eva die Monate zuvor die allerbeste Schwester warst, die sie sich wünschen konnte. Danke auch dir, Dieter, dass du so oft auf Ane Rücksicht nehmen musstest, weil sie so viel Fürsorge für ihre Schwester aufbringen musste.

Tommy stupste mit seinem zur Seite gelegten Kopf an mein Kinn, wollte mir damit ein Zeichen seiner Zuneigung und seines Vertrauens geben, wollte damit sagen, dass eine Männer-WG inspirierend sei und dass auch er Frauchen genauso vermissen würde wie ich, es aber nicht so zeigen könnte. Wieder stupste er an meinem Kinn entlang, schnurrte zufrieden über die Streicheleinheiten, die er bekam.

»Ja, Tommy, ich hab dich auch lieb, aber ich muss langsam aufstehen und schon mal Kaffee kochen, weil doch Ane und Dieter gleich kommen. Hoffentlich finden sie einen Parkplatz, aber wenn sie mit ihrem Health-Angel-Werkstattwagen unterwegs ist, ein Mini Cooper, dessen strukturelles Aussehen dem steinzeitlichen Austin Flintstone ähnelt, dann kann sie auch auf einem Fahrradständer parken. Weißt du, Mini ist ein Auto, bei dem man erst in den letzten Jahren dieses Jahrhunderts es schaffte, ein Verbrennungsmotor quer einzubauen, damit er in Serie gehen konnte. Dafür wurden spezielle Mechatroniker ausgebildet, die dann einen Laptop über eine USB-Schnittstelle an einen Motor anschließen konnten, um sich dann ausdrucken zu lassen, dass der komplette Motor ausgetauscht werden muss, weil die Zündkerzen verrutscht sind.«

Schnurrend warf Tommy mir einen zwinkernden Blick zu, ein verbindlicher oberflächlicher Kontakt, ein Flirt, ein Balzritual, eine konnotierte Annäherung, nein, ein Zeichen des Wohlfühlens, eine Art Freundschaftserklärung, die er mir regelmäßig zuwirft, weil er mich liebt.

»Naja, und Dieter kennst du ja auch. Das ist der Typ mit dem Vollbart, der allerdings auf den Schnauzbart zwischen Oberlippe und Nase verzichtet hat, weil nur Genies, Wahnsinnige und wahnsinnige Genies so was tragen und er sich nicht mit jedem identifizieren möchte. Mit dem restlichen Bart sieht er aus wie der einbeinige Kapitän Ahab, der pausenlos versuchte, Moby Dick das wohlverdiente nasse Grab zu schaufeln.«

Ja, mein Schwager ist schon so einer. Er liebt und singt gerne Shanties, eine trommelfellschädigende maritime Folklore, die sich anhört, als wenn sie vom Leierkastenmann begleitet wird.

Meistens sind Lieder zu hören wie eine Seefahrt ist zum Kotzen oder das Lied von den Weather Girls: Roll mich Home oder La Paloma, das ist spanisch und heißt zu Deutsch: die Taube vom Straßenstrich. Fehlt nur noch die Kopfbedeckung mit Seesternen, Möwen, Muscheln, Hummer und der roten Laterne unten am Fluss.«

Tommy schaute mich an, gab ein langgezogenes Miau von sich, womit er mir klarmachen wollte, dass der klagvolle Gesang von Dieter doch etwas Schönes sei und dass man mit so einem reizenden Gießkannenstimmchen als Castingopfer bei dem Mann mit dem Zwiebackgrinsen vorsprechen sollte.

Es klingelte. Ich nahm Tommy von meinem Schoß, ging zur Tür, betätigte den Summer und wartete. Atemlos, aber geschmeidig wie ein Kuhfuß kam Ane die Treppe hinauf. Hechelnd stand sie nun da, als wenn ihre Lungenflügel besonders viel getan hätten, wie zum Beispiel beim Sport auf der Reservebank sitzen oder im Tor auf den Ball zu warten.

Dieter hingegen kam wie ein aktiver Passivsportler die Treppe hinauf, als wenn er sich gerade im Fitnessstudio auf einem Laufband bewegt hätte und dabei den Schweißgeruch von hundert anderen Sportstudiofans inhaliert hatte. Dann das tiefe Ein- und Ausatmen eines Gemisches, das in fast allen Ländern monopolfrei und kostenlos verfügbar ist.

Mit einer Umarmung und einem Küsschen auf die Wange, das sich anhörte, als ob eine Kuh durch Scheiße latschte, bat ich sie rein und meinte zu meiner Schwägerin: »Mensch, Ane, eigentlich hätte ich dir lieber von weitem Hallo gesagt, wo ich dich jetzt gerade von Nahem sehe.«

Etwas echauffiert meinte sie nur: »Bist du bekloppt, oder was?« Daraufhin drückte sie mir eine Topfpflanze in die Hand, ein Ficus

Benjamina, ein Baum, der von Natur aus zu den faulsten Wesen der Erde gehört.

So kann eine Schnecke mehr Bewegungseifer vorweisen als so ein wohnungsbegleitendes Mehrbereichsgrün. Selbst dann, wenn es sich um die lebenswichtige Sonne handelt, braucht diese Pflanze Stunden, wenn nicht sogar Tage, bis sie sich zum Licht gedreht hat.

»Danke für den Gummibaum«, erwähnte ich, worauf Dieter scherzhaft meinte:

»Wenn du ihn mit hebräischen Worten ansprichst, dann kann es sein, dass er sein Kautschuk freiwillig rausrückt und du kannst dir dann deine Lutschbonbons mit zahnpflegenden Substanzen selber herstellen.«

»Was sind Lutschbonbons«, wollte Ane wissen, worauf Dieter veranschaulichend meinte:

»Das sind Kaugummis, die den Speichelfluss anregen und somit die schädliche Zahnsäure neutralisieren. Allerdings kann es auch zu Problemen kommen, wenn man eine Prothese trägt. Man muss sich dann nicht wundern, wenn man plötzlich mit dem Kiefer auf seinem verklebten Gebiss herumkaut.«

»Ach die Dinger«, meinte Ane, »die traurig und allein am Halteknopf von Bussen kleben und danach sich zwischen den Fingern verewigen. Dessen Packung man am roten Bändchen aufreißt und anschließend alle Kaugummiplättchen vom Boden aufsammelt. Die grundsätzlich als Secondhand-Ware in Kinosälen unterm Sitz kleben, ja, die kenn ich.«

Während die beiden sich weiter über Gummis unterhielten, stellte ich den Topf zu den anderen Pflanzen auf den Boden und ging dann in die Küche, um den Kaffee zu holen. Tommy bemerkte diesen neuen Gegenstand, der ihm irgendwie fremd erschien, noch nicht vertraut war und so beobachtete er ihn erst mal aus sicherer Entfernung.

Doch dann ließ ihm die Neugier keine Ruhe. Er schlich äußerst langsam dem pflanzlichen Objekt unbekannter Herkunft immer näher, schnupperte am Topf hinauf zu den Blättern und ließ sie daraufhin gemächlich durch seine Fangzähne gleiten. Kurz darauf hatten die untersten Blätter das Aussehen einer Fadengardine, eine Art Store, die von Frauen der Berufsgruppe *leichte Mädchen* bevorzugt werden, um den Einblick auf die durchsichtigen Tangas zu verwehren.

Es folgte das stoßweise Einatmen des frischen Erdgeruchs, angereichert mit humusreichen Substraten und mit Torf, Kalk und Düngemittel versetzt. Ein angenehmer Geruch, der an Gewesenes erinnerte, an nostalgisch verflossene Zeiten, an Glanz und

Glamour, an Vergangenheit, die man unbestraft belächeln konnte und sich danach gleich etwas besser fühlte.

Langsam hob sich die Pfote, wandert in den Topf, schob ein wenig von der Erde zur Seite und innere Wärme stieg auf. Es roch nach Pilzen, Muff, Garten, Wald, Moos und Bakterien. Ein Geruch, der anregte weiterzugraben, die überschüssige Erde zu entfernen, als wenn er nach hölzernen Truhen, Skelettresten oder Goldbarren suchte. Immer mehr Erde häufte sich vor dem Topf auf, immer größer wurde die Vertiefung, bis sie eine körpergerechte Form hatte und Tommy sich hineinzulegen versuchte. Das ging natürlich nicht gut. So fiel er samt Topf um und erzeugte ein Geräusch, als wenn eine Kröte durch einen Pirelli-Breitreifen zerquetscht wurde.

Eine ohrenbetäubende Stille entstand. Eine Stille, wo es einfach nichts zu hören gab, als wenn eine CD mit Stille angespielt wurde. Überrascht schauten alle in Richtung des Katers, der völlig desorientiert dasaß und nicht wusste, was ihm geschah.

»Ey, Tommy, bis du bescheuert? Was soll der Scheiß? Das ist eine Topfpflanze, ein grünes Lebewesen, das man pflegen muss, und kein skurriler Schlafplatz, den man massakrieren kann. Reicht es nicht schon aus, dass du dein Katzengras als Liegewiese benutzt?«

Schmollend, mit leicht gesenktem Kopf, hängendem Schwanz, dessen Spitze am Boden entlangschliff, marschierte er mit der Geschwindigkeit des deutschen Beamtentums in sein Körbchen und drehte uns den Rücken zu. Wenn er jetzt könnte, würde er mir die Faust zeigen und g a n z langsam den Mittelfinger ausstrecken. Ja, er ist schon so ein kleiner Schnurrer, ein bisschen eingebildet, eigenwillig, manchmal auch beleidigt, aber eine Manier, die nicht lange anhält.

Während er unbeweglich verharrte, seinen Kopf zwischen den Pfoten vergraben hatte, der Schwanz um das Hinterteil lag, bewegten sich die aufgerichteten Ohren in Richtung unserer Gespräche. Leicht schwebte die Schwanzspitze hin und her, ein Zeichen, dass er zuhörte, was gesprochen wurde, ein unauffälliges Belauschen. Als wenn er sich in einem Chat eingehackt hätte und nun zuhört, wie sich zwei Teenager unterhielten:

»Hey Mann, what's los?«

»Yeah, gut. Meine Freundin und ich hatten gerade Mega Bang gemacht. Ganze 40 Sec. habe ich es durchgehaltn!«

»Na, kommste morgen zu Party? Dat isne kleine Party, also max. 300 Leut. Sie is in her Haus. Wir let us kommen Pizza and overnight in her bed.«

»What, all 300 people übernachtn in her Bet?«

»Yeah, but alle sind nur ultradünne Weibr.«

»Coool, Ich will come.«

Dieter stand auf und verließ das Zimmer. Sofort erhob Tommy neugierig seinen Kopf und schaute lässig über die Schulter. Dann stand auch er auf, folgte ihm, in der sicheren Erwartung, es würde was Leckeres in der Küche geben. Doch Dieter bog vorher ab, verschwand im Bad, um den zum Toilettengang animierenden Kaffee wegzubringen.

Da stand Tommy nun vor verschlossener Tür und beobachtete den Drücker, an dem sich Kleinkinder gern mal den Kopf stoßen. Ein Mechanismus, der ein großer Moment für die Menschheit geworden war, da man Türen damit öffnen kann. Große Dichter sind schon auf das Öffnen von Türen gestoßen, wenn sie in ihren Heldensagen davon geschrieben hatten, wie sie weite Täler, tiefe Schluchten, steile Berge und außergewöhnliche Türen durchschritten.

Tommy dachte darüber nach, wie oft er dieser Tür schon begegnet war, wie ständig und vielfältig sie sein konnte, wie ärgerlich, störend und hemmend sie jetzt war, wie sie einfach Raum und Lebewesen voneinander trennte, wie sie Abweisung signalisierte, ein klares, kaltes *nein* ausdrückte. Geöffnet lädt sie zum Eintreten ein, hat etwas Freundliches, Einladendes an sich, gibt ein Zeichen für Offenheit und Aufnahmebereitschaft, kann ein freundliches annehmendes *Ja* aussprechen.

Mit der Pfote drückte er gegen das Türblatt, versuchte sie aufzustoßen, doch die Schlossfalle hielt die Tür im Anschlag fest. Scharrend fuhr die Pfote über die Zarge, den Kopf gegen die Tür stoßend, ein kräftiges Drücken; aussichtslos, sie bewegte sich nicht. Nicht, dass der Kater neugierig war, neeeiiin, bestimmt nicht. Es ging nur darum zu kontrollieren, dass man nicht versehentlich das verkehrte Klo benutzte und so ertönte ein Miauen, das qualvoll, trostlos, bejammernswert besagte:

»Pinkelst du in mein Katzenklo, Alder, dann hast du ein Problem mit mir, dann werde ich deine Fresse mit dem Straßenasphalt bekannt machen, bis deine Frontzähne brav aufeinander liegend im Wasserglas neben deinem Bett schlafen.«

Er legte sich flach auf den Boden, lugte unter der Tür hindurch, sah einen Schatten von links nach rechts wandern, der jetzt vor seinem Klo stand, am Waschbecken. Wasser war zu hören, fließendes Wasser, zuerst kräftig strömend, dann leise rieselnd und plötzlich absolute Ruhe, Lautlosigkeit, nur ein Schatten, der sich zitternd auf und ab bewegte. Schritte waren zu hören, Schritte, die anfangs dumpf, dann aber über den gefliesten Boden polternd klangen. Die Türklinke, eine hebelartige Vorrichtung, wurde niedergedrückt, die Schnappverriegelung entsperrte, die Falle verschwand im Schloss und langsam öffnete sich die Tür. Dieter kam wieder heraus und sprach:

»Was ist das für ein Katzengejammer, die Tür ist doch wieder auf, wie du siehst.« Dabei kraulte er Tommy hinter den Ohren, am Nacken, den Rücken entlang, der sich in diese sinnliche Massage mit fast geschlossenen Augen treiben ließ und die sinnenfreudige Reise genoss.

Dieter verschwand wieder im Wohnzimmer, Tommy blieb im Flur zurück, der schnurrend seinen Blick durch die Gegend schweifend ließ und eine Damenhandtasche erspähte, die auf dem Boden stand. Eine Damenhandtasche, die neben Schminke und Modeschmuck das wichtigste Accessoire der modernen Frau darstellte. Er kroch hinein und holte Gegenstände des abendländischen Kulturgutes heraus, die im täglichen Überlebenskampf benötigt werden.

Da waren am Boden jahrelang nicht entfernte Müllreste, wie alte Taschentücher, Kinotickets, abgebrochene Fingernägel, Kondompackungen, unbenutzte Tampons, ausgelaufener Lipgloss sowie diverse Tuben mit alter Schminke und diverse leere Pikkoloflaschen.

Darüber lag eine Sonnenbrille, eine Geldbörse, ein Handy sowie diverse Lippen- und Kajal-Stifte. Oben drauf befand sich eine Haarbürste und eine Modezeitschrift, die den ganzen darunter liegenden Müll abdeckte und der Handtasche eine notwendige Stabilität verlieh.

Im äußeren Seitenteil steckte eine vergilbte Kalorientabelle von den Weight Watchers, dessen Zweck es ein soll, die Konfektionsgröße 34 zu erhungern. Auf der anderen Seite war ein Fach mit mehreren Kubikzentimetern Tabakkrümeln und einer Kassenquittung aus DM-Zeiten.

In der Öffentlichkeit halten sich unsichere Frauen geradezu krampfhaft an ihren Handtaschen fest und geben diese nur im Notfall, wie bei einer Schönheitsoperation, aus der Hand, da ihnen die Tasche ein Gefühl von Sicherheit und Würde verleiht. Meist wird sie gehalten wie eine Waffe und die Frau ist jederzeit bereit, damit zuzuschlagen. Ohne diese fühlen sie sich nackt und verletzbar, als wären sie ungeschminkt oder unparfümiert.

Tommy fand eine Weichfolienpackung mit dem schwungvollen Namen Tempo, in dem sich Tücher mit unzähligen Verwendungsmöglichkeiten befanden, wie Nase schnauben und Essensreste aus den Mundwinkeln entfernen. Sie werden oftmals in ihrer Saugkraft unterschätzt, dabei können sie genauso viel wie ein Kleenex oder ein Geschirrhandtuch oder gar eine Küchenrolle. Tommy nahm sich die Verpackung vor, hielt sie zwischen den Pfoten und riss die widerverschließbare Lasche ab. Dann wurde jedes Taschentuch einzeln aus der Verpackung gerissen, mit nur einer Pfote entfaltet und unfreiwillig durch seinen Sabber gezogen, bis sie durchnässt, triefend von Speichel waren.

Auf dem Rücken liegend und mit weit ausgestreckten Vorder- und Hinterpfoten wurden die Tücher in die Luft geworfen, die für einen kurzen Moment schwebten, dann aufgefangen und mit Destruktion, Aggression, Hass und der Lust am Zerstören vernichtet. Tommy ließ kein Taschentuch aus, zerlegte alle in ihre Bestandteile, verwandelte den Flur in eine Schneelandschaft mit wild gewordenen Papierschnipseln.

Zufriedengestellt legte er sich auf die Seite, die Pfoten von sich gestreckt und begutachtete sein Werk. Dabei sichtete er ein Gerät, mit dem man Schwimmen, Rad fahren und Tennis spielen kann, das man nicht sieht, nicht riecht und der innen alles sauber hält, das auch als Fabelwesen gilt, da nur wenige ihn zu Gesicht bekommen. Es sind länglich gepresste Wattebäusche, die unter anderem auch in der Medizin verwendet werden.

Tommy schnappte sich einen, biss, kaute und schmatze darauf herum, zog, zerrte und riss, bis schließlich die Schutzhülle von alleine abfiel. Bestürzt saß er da, schaute auf den nackten Stöpsel mit den geschwungenen Rillen und stellte fest, dass er mit seinem extrem langen Schwanz eine verblüffende Ähnlichkeit mit einem Nagetier aus der Gruppe der Langschwanzmäuse aufwies. Ihre natürlichen Feinde sind Katzen, die sich mit Intellekt und der Unsterblichkeit einen erbitterten Kampf mit ihnen liefern.

Doch bei diesem Gegner stimmte was nicht. Die Pfoten waren abmontiert, vorne sowie hinten, eine physisch fehlende Voraussetzungen, um ein Hetz-Ritual interessant zu machen, bevor man es anschließend der Kategorie Beute zuordnen konnte. Auch kein langgezogenes, helles Quiiieeekkk ertönte, als Tommy seine Krallen ausfuhr und in den Pfropfen bohrte. Er blieb an einer der dolchartigen Verkrümmungen hängen, wurde zur Nase geführt, beschnuppert und gebissen; darauf herumgekaut, zermalmt, mit der Zunge von einer Seite auf die andere geschoben, wieder mit den Backenzähnen gebissen, gekaut und zerdrückt. Eine Art Training, um die Muskelgruppe des Mauls in Höchstform zu halten. Dann ließ er das vom Speichel durchtränkte Ding fallen, blickte auf dieses verschrumpelte Teil, das aussah wie die Haut der heutigen Miss World 1936 und wollte sich gerade einem anderen widmen, als er durch das Vibrieren des Handys abgelenkt wurde.

Es war ein Handtaschentelefon der Marke Babyfon mit integriertem Pampers-Changer, der zugleich auch eine mobile Spielkonsole darstellte wie das hochmoderne Gameboy Classic. Man konnte damit auch telefonieren, SMS verschicken, Fotos machen und – viel effektiver als Spielbanken – das eigene Konto in eine öde Phase bringen.

Die Vibration hörte auf und eine nervtötende Erkennungsmelodie erklang, eine singende Forelle, die bei Unterwasseraufnahmen in einem Aquarium aufgenommen wurde. Ane kam in den Flur, um das Telefon zu holen. »Heiteiteitei ja ja, guckuck ussemussse daiiiii daiiidai, ja haste schön in mein Taschi spielie, spielie gemacht, du süßer Schelm, du.«

Tommy stand da, war buchstäblich schockiert, verblüfft über die Laute dieser Kommunikation, über das komplexe Wortsystem, zweifelte an die Notwendigkeit, diese Kulturform verstehen zu müssen. Doch dann kam ein Miauen, ein Gurren, ein leises Knurren, was so viel bedeutete wie:

»Bist du geistig minderbemittelt? Sehe ich aus wie ein kleiner nervtötender Mensch, der zum Dekorieren der Wohnung genutzt wird? Der mit terroristischer Aversion den Eltern das Leben schwer macht? Ein dummer, heulender, stinkender, fetter, fresssüchtig schreiender Quälgeist mit Wasserkopf, der jede Gartenparty versaut? Was für ein Schizophrenismus, wenn der Wahn im Detail zur Persönlichkeit wird, wenn die Denkstörungen, die ein Charakteristikum tragen, zu ausgeprägten Halluzinationen führen.«

Ane nahm das extragroße Made-in-China-Handy – mit 1,5-Pixel-Kamera, Xenon-Blitz, der so hell war, dass die Sonne verdunkelte, Monitor mit drei Farben, hochwertig vorinstallierter eBay-Demosoftware und integriertem Airbag – aus der Tasche und ging damit wieder ins Wohnzimmer.

Während des Telefonates stellte ich die Balkontür auf Kipp, um uns ein wenig Frischluft zuzuführen. Tommy hörte dieses Geräusch, das knackige Umlegen des Griffes und das surrende Geräusch des Öffnens seines Lieblingsplatzes, wo er immer wieder Vögel erschrecken konnte. Er nahm eine gespannte Körperhaltung an, die Ohrmuscheln windschnittig angelegt, der Kopf flach auf dem Boden, als näherte er sich im hohen Gras einer Maus. Dann der Sprung, der eine geballte Ladung von sieben Kilo Körpergewicht in Bewegung brachte.

Mit der Geschwindigkeit eines Gepards, der Schnelligkeit eines Wettläufers und der Betriebsamkeit von denen, die bei dem Wort Arbeit wie ein Blitz verschwinden, schoss er ins Wohnzimmer. Dabei riss mir der Windstoß des nur zehn Zentimeter an mir vorbeidonnernden Katers fast das T-Shirt von Leibe.

Doch plötzlich: das Vorreißen der Vorderpfoten, das Senken des Kopfes, die Erhebung des Hinterteils und das versuchte Abbremsen der affenartigen Geschwindigkeit verwandelte den unsäglichen virulenten Schwung zu einem Purzelbaum, der jede Kür in den Schatten gestellt hätte. Durch die akrobatische Rolle landete er direkt vor der Scheibe und ließ die Balkontür zuschlagen.

Tommy schüttelte sich kurz, legte sich nieder, blickte starr in den Flur und fing an, heftig mit dem Schwanz umherzupeitschen. Dann das Kokettieren, dass Hin- und Herbewegen seines Hinterteils, als wenn er zahlbare Interessenten imponieren wollte, wie Frauen, die kranke Männer gegen Gnadengeschenke beglücken.

Nicht zu verwechseln mit Verona Fehlt Der Busch-Pott, die früher viel mit Piep zu tun hatte und daher oft mit Rauchmeldern verwechselt wurde, oder Nadja das Fahrrad, die aus siebenundneunzig Prozent Silikon und drei Prozent Luft besteht. Sie gilt zwar gemeinhin als spitz, ist aber ausweislich ihres IQs als stumpf zu bezeichnen.

Plötzlich, mit der motorischen Grundeigenschaft und der konditionellen Fähigkeit im F1-Kreisverkehr, stürmte er in den Flur, sprang auf den Läufer, der wie ein Snowboard auf den Fliesen rutschte, jedoch bekam er die Kurve nicht und landete daraufhin mit einem Krachen fast schon im Schuhschrank. Dann folgte der Spurt ins Badezimmer mit dem ästhetisch misslungenen Sprung in die Badewanne, dem jegliche Spannung fehlte.

Ich hörte nur noch ein Platsch, als wenn eine Frau mit der Blutgruppe Nutella, dessen Nacken aussieht wie zwei übereinander liegende Hot Dogs, das Wasser in einer Badeanstalt verdrängt hatte und man anschließend alle Sprungtürme wegen fehlender Wassertiefe sperren musste. In der Badewanne befand sich eine Schüssel mit einer eingeweichten Tischdecke, in der er gelandet war.

Sofort lief ich hin und sah ein Wesen, das stark an Bulimie litt, fast schon skelettartig gebaut war, so dünn, dass man denken konnte, er sei schwer krank. Mit seiner Fadenfigur könnte er sich zwischen Kacheln verstecken, sich unter jeder Tür hindurchschlängeln und müsste bei jedem Abfluss die Pfoten auseinanderhalten, damit der nicht in den Gully fiel.

Das Fell triefte nur so vor Nässe und er versuchte sich trockenzulecken, doch seine Zunge konnte nicht hektisch genug werden, um all das Wasser aufzunehmen.

»Was ist los mit dir? Hat dich der Hafer gestochen, dass du zwar flink wie ein Wiesel, aber blind wie ein Maulwurf durch die Wohnung jagst?«

»Mau«, war seine Antwort, wobei er mich mit einem zerknirschten Blick ansah und schnurrend meinte: »Ich wollte doch nur ein wenig Sport treiben, um meine Fettschichten abschwellen und meine Muskulatur anschwellen zu lassen.«

Ausgiebig frottierte ich sein Fell und als ich fertig war, sah er aus wie Gizmo Gremlins, der zuvor mit einem Luftballon an seinem Pullover gerieben hatte und dem nun die Haare zu Berge standen. Zufrieden marschierte Tommy ins Wohnzimmer, kämmte das Fell mit seiner rauen Zunge, die mit kleinen Dornen besetzt ist, und lockerte so seinen Pelz auf.

Nach einer Stunde verabschiedeten sich Ane und Dieter wieder und kaum verschwunden, fing Tommy an vorm Kühlschrank zu randalieren. Mit einem leidenden Miau, einer spirituellen Halluzination des Hungers, wollte er andeuten, dass sein Bauch knurrte und er nicht mehr die Kraft besaß, zurückzuknurren.

»Was möchtest denn, mein geistiger Hungerleider, heute essen, Strychnin süßsauer an Bandnudeln mit dem Geschmack von Petersilie und Kinderschokolade und einer leichten Note von Petroleum oder lieber Sperlingslunge auf Zitronenmelisse mit der hysterischen Angst vor dem Platzen und dem unmittelbar darauffolgenden Kaputtgehen?«

Tommy schaute mich an, als hätte ich Haarspray geschnüffelt und mich zusätzlich noch mit einem Deodorant auf den perfekten Trip begeben. Sein Gesichtsausdruck verriet eine überlegene Haltung, als wenn er darüber nachdenken würde, mich in Zukunft zu ignorieren, bis ich an meiner eigenen Existenz zweifeln würde.

Ich holte was ganz besonders Leckeres aus dem Schrank, Schaf und Geflügel mit Naturreis und Hanföl. Nachdem ich seinen Fressnapf gefüllt hatte, setzte sich Tommy davor und konzentrierte sich auf das, was vor ihm stand. Sekundenlang starrte er es an, bewegte sich kaum, als wenn er im Koma dastünde und nur im Unterbewusstsein den Anweisungen seines Hungers folgte.

So erhobte er eine Kralle, spießte damit ein kleines Häppchen auf, beäugte es ausgiebig, schnupperte daran und ließ es dann graziös in seinem Maul verschwinden. Mit der Schnelligkeit einer ostfriesischen Wanderdüne holte er sich das nächste Stück und biss es von allen Seiten an, sodass ein viereckiges Stück entstand, das in allen Richtungen gedreht in sein Maul passte.

Es folgte der lässige Blick durch die Küche, unter dem Tisch hindurch, über den Fußboden, an den Blendleisten der Küchenschränke entlang und wieder hin zum Fressnapf. Die Kralle seiner linken Vorderpfote wurde wieder ausgestreckt und verhängte sich in einem Amuse-Gueule, in einen kleinen mundgerechten Happen. Ausgiebig und kritisch wurde auch dieses von allen Seiten beäugt, endlos beschnuppert, als wenn sich zwei Hunde mit riechen am Hintern begrüßten, und dann verschwand der Happen anmutig im Maul, als wenn Tommy erst mal zwischen der Entdeckung der Langsamkeit und dem Beamtentum unterscheiden müsste.

Ich kam mir plötzlich vor, als sei ich nur von blöden Tieren umgeben, als wenn ich Tinnitus in den Augen hätte und nur Pfeifen sehe. »Tommy, ich würde mich gern mit dir geistig duellieren, aber ich sehe, du bist unbewaffnet und vielseitig beschäftigt, also unterhalten wir uns morgen weiter, ich gehe jetzt ins Bett, gute Nacht.«

9 Eine schlaflose Nacht

Die Nacht ist allgegenwärtig, sie ist über uns, mit uns und sie hat die sonst am Tag farblose Luft zu einem dunkelblauen bis schwarzen Gemisch verwandelt. Der Mond war hell erleuchtet. Er war eine Spende vom Schöpfer der Erde. Leider reichten die finanziellen Mittel während der Endbauphase nicht mehr aus, ihn rotieren zu lassen, sodass man von der Erde aus immer nur die gleiche langweilige Seite sieht.

Es muss bereits gegen drei Uhr nachts gewesen sein, als ich von einem seltsamen Geräusch wach wurde. Es war wie das Zischen der Kohlensäure, die durch das Rauschen einer Cola übertönt wurde. Ich ging halbverschlafen ins Badezimmer, machte das Licht an und eine unfassbar große Menge an Helligkeit drückte auf die Augen.

Vor vielen Tausend Jahren lebte der Urzeitmensch noch ohne Licht. Wie sich der Mensch damals fortbewegen konnte, ist den Forschern lange ein Rätsel gewesen. Doch ist die Antwort so einfach wie simple: mit den Beinen.

Als die Augen sich an die Helligkeit gewöhnt hatten, sah ich Tommy am Abflussrohr des Klobeckens sitzen und wie er sich an dem Rauschgeräusch der Spülung erfreute.

»Ich hasse Märchen von Hitchcock, die als Alpträume bezeichnet werden«, brummte ich vor mich hin und ging wieder ins Bett. Nach fünf Minuten war ich etwas klarer, überlegte ob ich jetzt schon mit Brille schlafen müsste, machte die Nachttischlampe an und ging abermals ins Badezimmer. Da saß Tommy immer noch auf dem Toilettendeckel und wollte gerade wieder die Klospülung in Gang setzen.

»Ey, Tommy, was machst du da mitten in der Nacht? Geh da runter!« Sofort sprang er runter und fing an zu gurren, wie ein Freilandhuhn, ein Vogel, der Probleme mit dem Fliegen hat. Wieder ein neues Spielzeug, das ihn interessierte. Es musste die Klangfarbe der Spülung sein, die ihm eine gewaltige Vielfalt erkennen ließ, ein Gemisch aus Grundtönen, Obertönen und Rauschanteilen. Ein Klang vom warmen Grün über das schwule Blau bis hin zum eiskalten Gelb. Eigenartig, als was sich der Kater entpuppt.

Nachdem ich mich wieder ins Bett gelegt hatte, dauerte es keine dreißig Minuten, als ich von Bomben- und Handgranatengeräuschen aus dem Tiefschlaf gerissen wurde, die dem Anschlag auf ein Klostertor ähnelten.

Ich stand auf, um nach der Quelle dieses Spektakels zu sehen. In der Küche spielte Tommy Billard ohne Queue. Die Hauptebene des Spielgeschehens war ein gefliester Küchenboden ohne Löcher, da diese aus Kostengründen nicht eingeplant waren. Als Bande dienten die Abschlussleisten der Küchenschränke und die Kugel war ein Glasstein, den er sich vorher aus einer Vase gefischt hatte.

Sinn und Zwecke dieses Spieles war es, mit Hilfe von Technik, Konzentration und einer gewandt geführten Pranke den Glasstein so zu schießen, dass er abhob, möglichst hoch flog, dabei Fahrt aufnahm und durch einen Luftstoß über die Bande in der Ecke versenkt wurde. Hierbei war es wichtig, dass der Bandenkontakt unüberhörbar war, um es auch für Gehörlose erlebbar zu machen.

»Tommy, es ist nicht dein Ernst, was du da machst. Hast du schon mal auf die Uhr geschaut, es ist nicht mal halb vier. Die Leute im Haus wollen auch mal schlafen und ich auch.«

Ich nahm den Stein, legte ihn weg und ging wieder schlafen. Tommy durchwanderte die Wohnung, um nach anderen Möglichkeiten zu suchen, sich zu beschäftigen.

Mit seiner Pfote kratzte er an der Schranktür unterhalb der Spüle so lange herum, bis diese aufging. Darin befand sich der Mülleimer, der seinen Namen dadurch bekam, dass er als Behälter für Müll dient und in den meisten Fällen die Form eines Eimers hat. Er gilt neben dem Rad, der Dampfmaschine und dem Handrasenmäher als wichtigste Erfindung der Menschheit. Manchmal wird er auch als geistiger Mülleimer bezeichnet.

Tommy fand in dem Abfallbehälter einen großen Quarkbecher, dessen Inhalt aus Milch bestand – das Abfallprodukt einer Kuh, das von einem Kuhbusen-Masseur herausgeknetet wurde –, einer Menge Fett – was niemand am eigenen Körper haben möchte, aber man sich beim Frühstück aufs Brot schmiert – sowie Millionen Bakterien, das sind winzig kleine Lebewesen, die sich vom Müll ernähren.

Da der Kater zum einen ständig an Hunger litt, zum anderen der Meinung war, dass nicht verwertete Reste in eine Wertstoffbeseitigungsanlage gehörten und er sich gerne dazu bereit erklärte, diese Reste dem normalen Verdauungskreislauf zuzuführen, fing er an, den Becher auszulecken. Dabei schob er ihn vor sich hin, bis dieser einen Widerstand fand und Tommys Kopf vollständig im Becher verschwand.

Er befand sich plötzlich in einer Dunkelkammer, in einem abgedunkelten Raum einer Behörde, wo man sich ungestört unterhalten konnte. Ein Raum, in dem es keine

Lichtschalter gab und man aufgrund der mangelnden Sehkraft nicht zwischen Tag und Nacht unterscheiden konnte. Tommy war ein Gefangener seiner selbst geworden, ein Höhlenmensch ohne Blindführhund, weißem Langstock und gelber Armbinde mit drei schwarzen Punkten.

Durch seine Nullzentimeterkurzsichtigkeit bewegte er sich wie ein provokant lebendes, kriechendes, hügelaufschüttendes Wühltier durch die Küche, und um keine Langeweile aufkommen zu lassen, stieß er in regelmäßigen Abständen gegen Tisch- und Stuhlbeine sowie gegen die offene Schranktür, die mit einem Knall zuflog, als hätte man seinem Gegner mit einem Faustschlag die Schneidezähne gezogen.

Der Nuklearfrieden war mal wieder gestört, so stand ich auf und ging in die Küche. Als ich Licht anmachte, sah ich einen Becher, in dem sich fast ein ganzer Kater befand. Ich erlöste ihn von der Bedrängnis und gab zu verstehen, dass er endlich Ruhe geben sollte. »Ich möchte noch ein wenig schlafen. Wenn du so weiter machst, dann melde ich dich bei den strengsten Eltern der Welt an!«

Tommy schaute mich mit weit geöffneten Augen an und dachte an diesen Urlaub auf dem Bauernhof, bei fremden Leuten, in einer unbekannten Walachei, wo Menschen mit völlig inakzeptablem Aussehen wie im verwahrlosten Mittelalter leben und den ganzen Tag mit Vieh, Feldern und Mist arbeiten müssen; wo rücksichts- und respektlose Jugendliche zur Rehabilitation hinverfrachtet werden und die man zum Brechen ihres kriminellen Willens durch seelische und körperliche Grausamkeit zwingt, damit sie sich endlich den gesellschaftlichen Regeln unterwerfen.

»Man, was ist das nur für ein beschissener Tag«, redete ich laut vor mich hin. »Erst regnete es den ganzen Vormittag, dass die Leute alle angepisst waren, dann fiel mir noch meine Lieblingstasse runter, ich schnitt mich an den Splittern, wobei das Blut auf die Tischdecke tropfte, ich den Fleck nicht sofort herausbekam und jetzt kommt der Kater noch und bereitet mir eine schlaflose Nacht. Ich hoffe nur, dass das Bett nicht noch unter mir zusammenbricht.«

Im Schlafzimmer richtete ich mein Bett erst mal wieder häuslich ein, schüttelte das Kissen auf und legte mich hinein, hinein in den Tempel der Todsünden, der als wichtigster Platz im Kampf um die Erhaltung der menschlichen Rasse gilt. Tommy trottete hinterher, saß vorm Bett und überlegte, ob er ins Bett springen oder lieber unters Bett kriechen sollte. Seine Denkweise war nicht so schnell, als ob man es durch längeres

Warten noch schneller machten könnte. Doch dann landete er mit einem Satz direkt auf meinem Bauch und fing an zu treteln. Zuerst ganz langsam und vorsichtig, dann immer heftiger, schließlich so kräftig, dass ich seine Krallen durch die Bettdecke auf meiner Brust spürte.

»Aua, Tommy, nicht so doll, das tut weh. Leg dich hier neben mir auf das Kissen und gibt endlich Ruhe.« Er gehorchte, legte sich auf das Kissen und fing dermaßen laut an zu schnurren, seufzen und zu röcheln, dass man meinen konnte, es wären die peinlich klingenden Lachanfälle eines gierigen Joint-Rauchers. Dabei reckte er sich nach allen Seiten und streckte seine Pfoten so weit von sich, dass sich die Krallen in meiner Kopfhaut verewigten.

»Mensch, Tommy, bist du denn nur bescheuert? Kannst du nicht mal fünf Minuten Ruhe geben?«

Ich stand auf, ging in die Küche, setzte Kaffeewasser auf, steckte mir eine Zigarette an und atmete den Qualm wie eine Vulkaneruption in mich hinein. Dabei las ich die Warnung auf der Packung: Eine Zigarette verkürzt das Leben um acht Minuten. Na und?! Ein Arbeitstag verkürzt mein Leben um acht Stunden.

Es war knapp fünf Uhr, die Nacht war ge-laufen. Mit dem Kaffeepott setzte ich mich ins Wohnzimmer, in das unumstrittene Reich des Mannes, wo der Mann noch Mann sein durfte, und schaltete den Fernseher an. Es liefen noch die restlichen Wiederholungen von Filmen mit dem IQ einer Vorabendserie, im Moment genau das richtige für mich.

10 Eine fliegende Vuvuzela

Langsam wurde es hell, die Nacht verschwand und der Morgen war da. Ein Tag wie jeder andere, der dafür sorgt, rechtzeitig am Arbeitsplatz zu erscheinen, um am Monatsende seinen Kontostand aufbessern zu können und das ohne den nächtlichen Gang zur Bank unter Mitnahme geeigneter Mittel wie Schneidbrenner und Presslufthammer.

Nachdem Tommy vollgefressen in der Ecke lag, sich kaum noch bewegen vermochte, weil er Angst davor hatte, den Fliesenboden eventuell zu beschädigen, machte ich mich fertig, um meine Freizeit mit der lästigen Unterbrechung *Arbeit* zu versauen.

»Tschüss, Tommy, ich geh jetzt, bin gegen Mittag wieder da. Mach keinen Blödsinn und lass keinen rein.«

Tommy gähnte, stand auf, wechselte seine Stellung, legte sich hin und schlief wieder ein, befand sich augenblicklich im Tiefschlaf, weil seine Fressarien mehr und mehr zur Müdigkeit führten. Er träumte von einem mexikanischen Drogenbaron, der als Apotheker getarnt mit schiefen und krummen Geschäften seinen Monatslohn aufbessert.

Drogendealer sind eigentlich wie Gärtner, pflanzen Sträucher, pflegen sie, lassen sie gedeihen und befreien sie von Unkraut, bis sie dann irgendwann mal in diesem bräunlichen, mit Kohlensäure versetzten, dick machenden Erfrischungsgetränk landen, das man Cola nennt. Es besteht aus Teer und gepresster Nutella, damit es eine ansehnliche Farbe erhält, einer Familienpackung Würfelzucker, um den Geschmack zu neutralisieren, sowie einem Pflanzenschutzmittel, um störende Substanzen abzutöten. Neun Liter dieser Brause decken den Tagesbedarf eines Couch-Potatos an Vitaminen B, S und E.

Plötzlich wurde der Kater von dem Summen einer Fliege wach, einer fliegenden Vuvuzela, die normalerweise von den Menschen mit lautem Geklatsche begrüßt werden. Es sind Insekten, die sich in der Luft fortbewegen können und das ohne Motor. Auch Menschen können fliegen, wenn sie zum Beispiel als Manager zu viele Millionen in den Sand gesetzt haben. Böse Zungen behaupten sogar, dass manche bei starker Erregung Pflastersteine zum fliegen bringen können.

Sofort sprang er auf, stürzte sich vom Sofa und lief hinterher, bis die Fliege an der Scheibe der Balkontür landete und hinaus in die Freiheit schaute. Tommy, auch Indiana-Tommy genannt, mit seinem selbstlosen, aufopfernden Charakter, saß davor, fing lautlos an zu schnattern und klapperte gleichzeitig mit den Zähnen. Volle Aufmerksamkeit wurde der fliegenden Ratte gewidmet und mit einem hin- und herpeitschenden Schwanz bedroht.

Die Pfote zuckte, war dabei, einen brutalen Angriff zu starten, doch der finale Schlag blieb aus, das nicht motorisierte Fluginsekt wanderte weiter die Scheibe hinauf. Sie wollte entkommen, so was macht wütig, so was lässt man nicht auf sich sitzen und da Indy-Tom, immer schon der Längste aller Längen sein wollte, erreichte er eine längere Länge indem er sich von seinem lang verteidigten Platz erhob. Um seine längere Länge noch zu verlängern, machte er sich ganz lang, langte mit der Pfote nach oben, doch die lange Länge mit der Verlängerung war nicht lang genug, um den ungebetenen Besuch mit einem netten Schlag ins Gesicht zu begrüßen.

Fliegen reden in der Regel nicht viel, nur im Paarungsverhalten hört man sie summend fragen: Fliegen wir nach Hause oder nehmen wir uns einen Menschen? Meistens stehen sie, nachdem sie im Kot gebadet haben, am Straßenrand und warten auf eine Mitfahrgelegenheit, um dann zwischen den Zähnen von Motorradfahrern zu landen.

Die-vor-dem-Gesicht-herumflieg-Fliege, die ihren Namen ihrer Lieblingsbeschäftigung verdankte, machte sich vom Acker und flog in Richtung Küche, war auf der Suche nach einem offen stehenden Fenster, um dem Angreifer und der Gefahr, ein zertretenes Insekt zu werden, zu entfliehen. Doch die Fenster schienen geschlossen zu sein, nirgends war ein Schlupfloch zu finden, kein Spalt, keine Lücke, nur weite Sicht und die Scheibe, die einen von der Freiheit trennte.

Mit der Disziplin eines Leichtathleten im Hürdenlauf, der vorher in seinem Startblock eingeschlafen war und durch einen lauten Pistolenschuss geweckt wurde, rannte der schwanzpeitschende Möchtegern-Abenteurer in den Flur und sprintete über die Klappbox, die ihm als Hindernis in den Weg gestellt wurde. Eine Barrikade, die normalerweise von Lebewesen umgangen wird.

Kurz vor der Küche blieb er stehen, legte sich flach auf den Boden und richtete seine Körperproportionen für den richtigen Sprung an. In nur drei Sätzen landete er auf der Arbeitsplatte, ein sogenannter Dreisprung, aus dem der Ausdruck *im Dreieck springen* entstanden ist. Langsam schlich er zum Fenster hin, stieß gegen die Handtuchrolle, die zu Boden fiel und sich bis zum letzten Blatt ausrollte. Zeitgleich hatte sich die Fliege zwischen den Blumentöpfen hinter der Scheibengardine verschanzt, was von den im Verhältnis zum Schädel relativ großen

Augen des Katers sofort wahrgenommen wurde. So musste zunächst erst mal eine der Pflanzen ihren Platz räumen, die Gardinen entfernt werden, was das Flugschwein natürlich bemerkte und weiter die Scheibe hinauflief, worauf Tommy versuchte, ohne Sicherungsleine und Sicherheitsgurt ihr zu folgen. Doch vergebens, der Feind war schneller.

Sie flog in den Flur und hielt sich an der dunklen Jacke fest, die an der Garderobe hing, in der Annahme, man würde sie dort nicht sehen. Doch da hatte sie nicht mit dem an hoher Selbstüberschätzung leidenden vierbeinigen Hasardeur gerechnet, dessen funktionalem Organ nichts entging, nicht mal die Hand vor den Augen.

Augen sind multifunktionale Organe und sehr anfällig. Sie können auf jemanden geworfen werden oder schon mal aus dem Kopf fallen, wenn man eine hübsche Frau sieht, oder gar blau werden, wenn man sich um die hübsche Frau auch noch prügeln muss.

Zumindest stand Indiana-Tommy vor der Garderobe und begann eine neue Taktik auszuprobieren. Ein Flirt sollte es werden, ein liebevoller Augenkontakt ohne Migrationshintergrund und schon wusste man, wie nah Sex and the City an der Realität ist, wie schnell Amor an der Tür klopft.

Es ist wie das erste Date nach einer Internetbekanntschaft. Man stellt den Wecker seines Handys, das mitten im Date klingelt. Ist das Date OK, bleibt man freundlich und legt schnell wieder auf. Wenn es ein No Go ist, schaut man einfach panisch aus der Wäsche und sagt: »Wie, oh nein, nicht die Waschmaschine, alles nass«, gefolgt von der klassischen Ich-muss-weg-Ausrede.

Inzwischen sprang das fliegende Flugobjekt von der Jacke auf die Tapete und kam somit Tommy ein Stückchen entgegen, der immer noch wie versteinert davor saß. Sie war zu schüchtern, den ersten Schritt zu tun, war aber im Kopf schon zehn Schritte weiter. Ein nettes Lächeln dieses intelligenten, aber gehassten Wesens konnte den Kater nicht wirklich beeindrucken, worauf er in seine Schnurrhaare murmelte: »Das einzige, was du heute noch aufreißt, ist die Klotür!«

Mit der lächerlichen Schnelligkeit einer F/A-18 Hornet schoss der Kater hervor und krallte seine Pranke in die terrakottafarbene Tapete, die daraufhin aussah wie Opas Glencheck-Anzug bei seinem ersten Blind-Date 1921.

Nur dank ihrer Manövrierfähigkeit und Schnelligkeit sowie der Fähigkeit, Gedanken und Handlungen vorauszusehen, konnte die Fliege entkommen, landete jedoch auf der gegenüberliegenden Wand oberhalb des

Schuhschrankes. Der kampffreudige Tommy fühlte sich verärgert, erbittert, entrüstet, war angriffslustig, gereizt und giftig zugleich. Er Befand sich in einer völlig realitätsfremden Welt, in einer Welt, in der nichts verschwindet, auch wenn man aufhört, daran zu glauben.

Mit einem Sprung aus dem Stand landete er auf dem Schrank, wobei das Telefon herunterfiel und das schrille Freizeichen der Telefongesellschaft ertönte. Ein unangenehmer, nervender Ton, für den man eigentlich nur eine 45er übrig hatte, ein technischer Apparat zur beschleunigten Ausgabe einer Kugel. Man kann eine 45er auch als Fernbedienung benutzen, zum Beispiel zum Ausschalten von Lampen.

Schwächelnd saß sein Gegner immer noch an der Wand und spürte, dass das Ende nahte, dass der Sensenmann bereits vorbeischaute. Einige glauben, dass der Sensenmann mit der Sense unterwegs sei, aber das ist Humbug. Das Sens in seinem Name bezieht sich auf sensibel und das Mann steht für Mann, denn schließlich ist der Sensenmann ein Kerl, also ein sensibler Mann.

Wieder machte er sich bereit, bereit dem Insekt den Rest zu geben, den letzten Schlag zu versetzen, ihn zugrunde zu richten, zu zerstören. Und schon schoss er in die Höhe, ließ seine Krallen in der Tapete versinken und verursachte so Schleifspuren, die den Tatbestand der schweren Körperverletzung an der Kleidung der geliebten vier bewohnten Wände erfüllten. Gleichzeitig war der letzte Anruf ins Jenseits getätigt worden, die Drecksmade hatte nicht überlebt.

Letzte Worte wurden gesprochen: »Hier liegt in Ehren, erdrückt, ohne sich zu wehren, in schöner Liege eine Fliege.« Dann band sich Tommy symbolisch das Alete-Lätzchen um und fing an, seine selbst erledigte Mahlzeit schmatzend wie ein Mensch zu verzehren. Hunde, aber auch Schweine fallen durch schmatzen besonders auf, weswegen es auch kein Wunder ist, dass dem schmatzenden Mensch nachgesagt wird, dass er wie ein Schwein isst und sich wie ein Ferkel benimmt.

Zufrieden über seine Liquidationsmethode und den abgelassenen Alltagsfrust kam der Fliegenkiller vom Schuhschrank herunter, blickte nochmals auf das tutende Telefon und legte sich gesättigt zum Schlafen wieder auf die Couch.

Als ich nach Hause kam, wurde ich sofort von Beethovens Spätwerk, dem Tuut Tuut gefoltert. »Was ist denn hier los, wieso liegt das Telefon am Boden?« Ich hob es auf stellte es an seinen Platz zurück, sah die Tapete mit ihren Narben, die zu bösen Entstellungen geführt hatten, und fühlte mich in einen kratzbürstigen Kratzwald versetzt.

»Tommy, was hast du hier gemacht? Die Tapete ist kein Kratzbaum, auch wenn sie nur aus Nägeln und Holzsplittern besteht. Sie ist eine Designerware, die in mühevoller Heimarbeit von Ein-Euro-Jobbern aus dem Ostblock hergestellt wurde. Dort wird sie heute noch als Toilettenpapier verwendet, weil sie weicher und flauschiger ist als dessen Klopapier.«

In der Küche rollte ich das Küchenpapier auf, eine Endlosrolle, die wegen ihrer Breite auch als Klopapier für besonders große Är… benutz werden kann. Dann hängte ich die Gardine wieder auf, ein schwedischer Exportartikel der Marke Ikea, quatschte noch ein paar Falten rein und stellte den Blumentopf davor, um die Hässlichkeit und Vergilbung der Gardine zu kaschieren.

12 Der unerwünschte Staubsauger

Tommy interessierte das alles nicht, war von der Jagd so erschöpft, dass er sich erst mal erholen musste. Meine Überlegung war, da ich dieses Jahr sowieso renovieren wollte, ob ich nicht mal türkisch tapezieren sollte, da werden die Bahnen nicht senkrecht sondern waagerecht an die Wand geklebt. Das hat den Vorteil, dass man wesentlich weniger Verschnitt hat und man braucht Fenster und Türen nur auszuschneiden.

Ich schaute mir die tiefen Kratzwunden der Tapete an, die eigentlich erst mal mit bakteriell verseuchter Spucke desinfiziert werden müssten, fand es aber unsinnig, da ich ja vielleicht schon nächste Woche anfangen würde zu malern. »Mensch, Tommy, du kannst ein totes Pferd beschlagen, aber reiten kannst du damit trotzdem nicht.«

Überall lagen die per Krallen geschredderten Papierschnitzel herum und bevor ein Kamerateam mit blauen Müllsäcken vor der Tür stehen konnte, holte ich erst mal den Staubsauger heraus, um die Spuren des Gefechtes zu beseitigen.

Staubsaugerverkäufe werden als Haustürgeschäfte getarnt und durch singende Fachverkäufer der Firma Vor Weg an ältere, meist sehbehinderte Hausfrauen verscherbelt, da die Geräte so hässlich aussehen, dass man sie nicht in öffentlichen Läden ausstellen kann.

Vertreter dieses Schlages, die meist einen zu saugenden Teppich noch mitbringen, nerven Nichtkunden so lange, bis sie endlich zu Kunden werden und die dann das Glück haben, den Staubsauger mit sämtlichem Zubehör, einschließlich des mitgebrachten Teppichs, zum Höchstpreis zu erwerben.

Ich zog das Kabel, das für die Energieversorgung verwendet wird, aus dem Vakuum-Cleaner, steckte den Stecker in die Dose und wollte anfangen zu saugen, als das Telefon mich von weiteren Maßnahmen abhielt. In einem Gespräch vertieft setzte ich mich ins Wohnzimmer, während Tommy sich langsam dem Dreckfresser näherte.

Sein Schwanz wurde so dick, das kein Löwe ihn angreifen würde, weil sie denken, er sei ein Elefant. Seine Beine blieben steif wie erigierte Bestattungszäpfchen und mit seiner enormen Erhebung auf dem Rücken würde man ihn zwangsläufig als Glöckner bezeichnen. Früher hatte man Hexen aus dem Fortpflanzungskreislauf herausgenommmen, weil sie außer Warzen und schiefe Zähne noch über einen Buckel verfügten. Das erschien der katholischen Kirche als notwendig, da durch das kümmerliche Aussehen viele Männer blind wurden und somit nicht erkennen konnten, mit wem sie gerade schliefen.

Mit gesengtem Kopf kam Tommy dem Staubsauger näher. Dabei bediente der sich dem Gang der anatolischen Kurzschwanzkrabbe. Das sind Krustentiere, die wegen ihrer Panzerung oft von Touristen mit Schildkröten verwechselt werden und seitwärts gehen können.

Dann machte er seine Kampfansage: »Du wirst gleich mit wehenden Fahnen untergehen, denn ich bin die Fachkraft für narkosefreie Motorchirurgie, der dafür sorgen wird, dass du drei Hektoliter Öl durch das Saugrohr verlierst.«

Er stellte sich in Positur, um die Technik der Gewalt anzuwenden, legte sich ganz flach auf den Boden, das Hinterteil sprungbereit ein wenig aufgerichtet und die Augen starr auf den Feind gerichtet. Ein letzter Blick noch auf die Ordnungsmäßigkeit des Sportgerätes, auf die Pfoten mit den rasierklingenscharfen Krallen. Jetzt noch eine kurze Konzentration auf die Handlung vor der Handlung und dann das blitzschnelle Agieren, der Absprung mit den Hinterpfoten, das seichte Schweben durch die Luft, mit dem Ausschwenken der Pfote und dem Schlag auf die Omme, als wenn ein unschuldiger Sandsack gekickt wurde, der jetzt eigentlich wimmernd um Gnade winseln müsste.

Der vierbeinige Gesichtstechniker war vor lauter Schreck blitzartig hinter der nächsten Ecke verschwunden. Er war erstaunt über die geballte Kraft, die seinen Körper verließ, als wenn ein 250 Kilo schwerer Sumo-Ringer in Windeln einen anderen Fettkloß begrabscht und zu Boden schleudert.

Beeindruckt von seinem Mut eines Löwen, der kleine Kinder erschreckt und sie dazu bewegt, endlich ins Bett zu gehen; von der Tapferkeit, als wenn er sich heldenhaft den Ruf als Lokalschreck aller Kneipen ersoffen hätte und von seiner Courage, die ihm das Gefühl verlieh, ein Liebling der Götter zu sein; eine Verkörperung des Guten und Edlen in dieser doch so bedrohlich scheinenden Welt.

Begeisterung stieg in ihm auf, die ihn glücklich und optimistisch machte. Dabei putzte er erst mal seine Pfoten, seine in den Schweiß des Gegners getränkten Pfoten, reinigte sie von dessen Blut und wusch sie in Unschuld.

Dann lugte er um die Ecke, riss auf einmal die Augen zu einem schmerzverzerrten Blick auf und ließ das Maul offen stehen. Er traute seinen Augen nicht, da stand der Fusselferrari unverletzt an der gleichen Stelle und wackelte nicht mal.

Ein Schock als hätte er soeben seine Katzenfreundin mit einem anderen Kater in der Hängematte erwischt, als würde er in den Ringseilen liegen und eine kurze Auszeit nehmen. So was macht wütig und man könnte alles kurz und klein schlagen. Er bereitete sich abermals auf einem Kampf vor und meinte:

»Ich kann nicht warten, bis ein Feuer, ein Meteoriteneinschlag, ein Tsunami, die Maul- und Klauenseuche oder der Klimawandel eintritt, ich muss vorher handeln, um meine Krallen in seiner Visage zu vergraben.«

Eine eindeutige Kampfansage, die sich aus dem Impuls der Sprache in die Realität des Todes verwandelte, die über Sieg und Niederlage, über Macht und Herrschaft, über Hochmut und Stolz entschied.

So befand sich in der linken Ecke der Herausforderer, der 41 Zentimeter große, siebentausend Gramm schwere, maskuline Tommy Klitsch KO, auch Prof. Eisenpfote genannt. Ihm gegenüber der amtierende Staubsauger, Philips Performers mit 47 Zentimetern und einem Gewicht von sechstausenddreihundert Gramm.

Tommy Klitsch KO stellte sich in Positur, lag flach auf dem Boden, äußerst konzentriert und riss die Augen weit auf, musternd auf den Feind gerichtet.

Dann brach der Angriff mit geballter Kraft herein, der von unten geschlagene Aufwärtshaken, der für die Verletzung des Gegners sorgen sollte; die Führhand, die zwei-, drei-, viermal schmerzhaft zu spüren war; der Seitwärtshaken, der mit der rechten Hand aus Schulterhöhe von unten verpasst wurde, ohne selbst dabei getroffen zu werden, und dann …

… dann lag der Erfolg auf der Hand, ein klassischer Knockout.

Der schlagfaule Philips Performer fiel mit einem höllischen Lärm um, worauf Prof. Eisenpfote blitzschnell verschwand. Ich hörte den Krach und kam in den Flur, um zu sehen, was es mit dem Lärm auf sich hatte, der dem Event einer 12-köpfigen Trommelgruppe glich. Da lag ein durch Auszählen aus dem Kampf genommener Staubsauger, umgekippt auf der Seite, das Saugrohr aus der Halterung gebrochen, die Rotationsdüse unterm Schuhschrank geklemmt, Möbelpinsel und Fugendüse aus der Griffhalterung geflogen, Filterklappe offen und der Filter weit entfernt in der gegenüberliegenden Ecke.

»Na, harten Gegner gehabt? Tommy, das ist nur ein Staubsauger, da sind keine Krümelmonster drin, die aus lauter Gier den Schmutz fachgerecht entsorgen.«

Tommy lehnte sich geschwächt an die Wand, war aber beeindruckt über seine Schlagkraft, die zu einer positiven Auseinandersetzung geführt hatte. Ich setzte den Staubsauger wieder zusammen und war eigentlich froh, dass er nicht größeren Schaden erlitten hatte. Der Kater sah mein Handeln und verschwand erst mal unters Bett, um der unbequemen Geräuschkulisse zu entkommen, die man nicht mit einem klopfenden Besenstiel gegen die Decke bekämpfen konnte.

Als ich fertig war und den Dreckfresser wegstellte, kam auch Tommy wieder unter dem Bett hervorgekrochen und schlängelte sich im Slalom um meine Beine herum, als wenn er mit Hilfe eines Laserpointers im Kreis gedreht wurde. Um ihn nicht zu treten, bewegte ich mich wie ein stark Alkoholisierter durch die Wohnung.

»Mensch, Tommy, lauf nicht immer vor meinen Füßen herum. Irgendwann trete ich dich und dann ist das Gejammer groß.«

Ich setzte mich ins Wohnzimmer und sprach weiter: »Irgendwie habe ich heute keine Lust zu kochen, werde mir einen Döner-Teller beim Türken bestellen und wenn du artig bist und mir versprichst, nicht immer so viel Scheiße zu machen, kriegst du vielleicht was ab.«

12 Döner for one

Ich sah es Tommy an, dass er sich schon jetzt über das Schweigen der Lämmer freute, über den Hammelfleischknoppers, geschnitten von einem Hochkantschaschlik aus dem Osmanischen Reich unter Führung von Alditürk, mit viel Alles, viel Scharf, viel Zaziki und vor allem mit viel Zwiebeln und Knoblauch.

Ich schnappte mir das Telefon, wählte die Nummer und bestellte: »Guten Tag ich hätte gern einen Dönerteller mit Pommes.«

»Was bitte?«

»Einen Dönerteller mit Pommes!«

»Äh, isch nix verstähn!«

»E i n e n D ö n e r t e l l e r mit Pommes Frites«, sprach ich in einer Geschwindigkeit, die sich nur unwesentlich vom Nullvektor unterschied.

»Döwerelle müt fommitz?«

»Nein, nein, streichen Sie alles, geben Sie mir einfach die Nummer fünfzehn!«

»Nummer wasch?«

»F ü n f z e h n !«

»Fum ... zeeeeeh? Nix verstähn, eine Moment!«

Es dauerte eine Weile, bis ein anderer Döner-Ali ans Telefon kam und nach meiner Bestellung fragte:

»Einen Dönerteller mit Pommes hätte ich gerne.«

»Hassu unsere Flyer? Wir geben vier Döner für bezahlen von drei.«

»Nein, ich habe Ihren Flyer nicht, ich habe nur ihre Speisekarte. Außerdem, was soll ich mit vier Dönertellern, ich möchte nur einen.«

»Eine Moment bidde.«

»Ja, ich warte.«

Normalerweise wartete man stundenlang auf das Essen, aber hier wartete das Essen stundenlang auf mich.

»Haalo, was wüllense?«

»Ja, hallo, ich hätte gerne die Nummer fünfzehn mit Pommes.«

»Hassu Flyer?«

»Nein, Ihren Flyer habe ich nicht, ich habe nur eine Speisekarte von Ihnen. Mich interessiert ihr Angebot nicht, vier Dönerteller zu bestellen und nur drei zu bezahlen. Ich möchte nur einen und den mit Pommes Frites.«

»Eine Moment, bidde.«

Eine Arbeitsmoral entwickelte sich wie bei Robinson Crusoe, der auf Freitag gewartet hatte.

»Haalo, hörschd dü, gebs dü misch dein Telefonnummer bidde.«

»Meine Nummer, die sehen Sie doch im Display ihres Telefons oder verfügen sie noch über Wählscheibentelefone?«

»Nein, aber isch kann nix lesen die Number da.«

Blind auch noch der Junge, dacht ich mir und gab ihm meine Telefonnummer.

»Geschd dü eine Momend, bidde.«

Der Teufel hatte wohl Lust, mich zu reiten, oder warum wartete ich hier, vielleicht auf schöneres Wetter oder auf die Segnung vom Papst? Döner-Ali hatte es gut, der konnte denken was er wollte, ich musste immer erst warten, bis mir was einfiel.

»Haalo, ey wosch willssu?«

»Äh, ich hatte eben einen Dönerteller mit Pommes bei ihrem Kollegen bestellt.«

»Oh, is grade wesch von Abeit gegangn, kommt erscht morgen widder.«

»Wie, was, der ist von der Arbeit gegangen und kommt erst morgen wieder, warum nimmt er denn erst das Telefon an? Nun gut, ich möchte die Nummer fünfzehn mit Pommes.«

»Mit Pommfitz?«

»Ja, mit Pommes Frites, das sind diese Kartoffelstäbchen, die in heißem Fett gebadet werden.«

»Hassu Flyer?«

»Nein, ich habe keinen Flyer, ich will auch ihr Angebot nicht nutzen, vier Döner zu bestellen und nur drei zu bezahlen, ich will einen Dönerteller mit Pommes, ama Çabuk, sen Anlamak? Ich bin kurz vorm Verhungern.«

»Willssu Döna von Galb?«

»Ja, natürlich aus Kalbfleisch.«

»Eine Momend bidde.«

»Ja, ich warte.«

Die ließen mich doch tatsächlich hier verschimmeln, doch nach wenigen Sekunden meldete sich der Bosporus-Klaus wieder.

»Hallo, Galb nix da, nix gegommen heute Morgen mid Audo. Willssu nehmen Tavuk oder Rindfleisch?«

»Was, Sie haben kein Kalbfleisch ja, warum fragen Sie mich dann erst? Tavuk? Das sind doch Tiere, die mit dem Fliegen ein Problem haben, frei nach der Devise: ist das

Huhn auf dem Teller, war der Dolmuş schneller, ne danke, dann lieber Rindfleisch.«

»Müt viel Alles, viel Schaaf und Soße mit Sarimsak?«

»Na klar, mit allem, aber nur mit wenig scharf.«

»OK, ainmal Döna mit viel Alles, Salat, Domate, Gurkn, Szibel und Zaziki mit wenig schaaf, Sex Öro funfzig, gommt in funfzen Minuten.«

»Nah super, klappt doch.«

Ich stellte das Telefon wieder zurück auf die Ladestation und fing an im Wohnzimmer zu decken. Tommy überlegte, was wohl Sarimsak heißen könnte und dann plötzlich, wie ein geistiges Lachsbrötchen, schoss es ihm durchs Gehirn: »Das ist die riechende, wohltuende Heilpflanze, die man auch Knobi oder Knofi nennt, die man schon im Mittelalter aufgehängt hat, um Herrn Dracula von der Ernte fernzuhalten. Auch Adam und Eva, die verwandt sind mit Hänsel und Gretel, Cäsar und Cleopatra, Cindy und Bert, aßen von dieser Frucht.«

Ja, Tommy hat schon fast Recht, nur die Heilpflanze sah etwas anders aus. Als Gott damals bemerkte, dass auf der Erde vieles unvollkommen war, besuchte er Adam und

Eva in dem eigens für sie reservierten Stück Land namens Paradies, um mal persönlich Hallöchen zu sagen. Er brachte drei Geschenke mit, von denen jeder sich eins aussuchen konnte.

Das eine war im Stehen zu pinkeln, worauf Adam sofort sagte, dass er das haben wollte, und so geschah es dann auch. Er freute sich wie ein kleines Kind und pinkelte überall hin. Somit blieben nur noch zwei Geschenke für Eva zur Auswahl übrig, das eine war das Gehirn zum Denken, das andere der Apfel zum Essen. Eva überlegte und meinte, dass man das Denken Pferden überlassen sollte, die haben einen größeren Schädel als wir und nahm den Apfel.

Er schmeckte superlecker und kaum hatte sie ihn komplett aufgegessen, bemerkte sie die äußerst erfreulichen Veränderungen an ihrem Körper. Sie brauchte keine besondere Creme mehr, keine Lotion, keine Null-, Brigitte- oder Sonstwiediät, auch keine Avon-Beraterin und der Konsum von Orangen, der die Haut stark beeinträchtigte, wird ab sofort auf Äpfel umgestellt. Sie fühlte sich mindestens um zwanzig Jahre verjüngt. Da rief sie in lauter Euphorie nach Adam, der vorbeikam, die Veränderung sofort bemerkte und augenblicklich anfing, die ersten hundertdreißig Kinder zu zeugen.

Es klingelte an der Tür und bevor sie ge-öffnet wurde, hing der Kater schon fast an der Klinke. »Tommy, geh weg da, das ist für mich.«

Ein Mann mit begrenzten linguistischen Fähigkeiten stand vor der Tür und brachte das Essen. Zunächst übergab er erst mal die Rechnung, um an der Höhe des Trinkgeldes seine Freundlichkeit zu zeigen.

Während ich das Geld in der Küche ab-zählte, kam Tommy mit langem Hals dem Geruch entgegen.

»Ey Alder, bişsu Gatze?«, fragte der Dö-nerlieferant, worauf Tommy mit Mau ant-wortete, was so viel hieß wie: »Nein, ich bin ein Opferlamm, ein Wallach im Club der kernlosen Weintrauben.«

«Bissu schönes Gatze wirklisch! Kann isch dir streicheln, oder massu beischen? Ei, Ei hassu schönes Fell. Mei Dochter weissu, hat Hund, ganz gleine Hund, liegt immer auf Zofa und guckt Fernseh und wenn kommt Reklame, dann macht immer Arff Arff oder Wuff Wuff. Isch bin Murat und wie heissu, Gatze?«

»Ha, ha, tu nicht so, als wenn du mich verstehen könntest. Ich heiße Tommy, in deiner Sprache wohl eher yenilir, also ess-bar, und dein Hund heißt bestimmt Kebap, Sucuk oder Hella von Sinnen.«

Ich gab dem Mittelmeer-Ostfriesen das Geld, worauf er mir das Essen aushändigte, was eingewickelt war in Alufolie der Firma Mazda Motor Corporation, die es noch heute in der Fahrzeugtechnik verwenden.

Eingebettet in einer Plastiktüte, in einem Russenturnbeutel, schritt ich ins Wohnzimmer, packte es aus, riss den Deckel ab, stellte ihn auf den Fußboden und hielt mein Versprechen, indem ich ein paar Stücke von dem zerhackten Fleisch hinein gab. Tommy stürzte sich sofort darauf und verschlag hastig die Brocken, als ob er erhitzten Franzbrandwein inhalierte.

Das Telefon klingelte mal wieder. »Ja, ... mit wem spreche ich? ... Hey, du altes Trampeltier, lange nichts von dir gehört, wie geht's? ... Ja mir auch, danke. Du, dein Anruf ist im Moment genauso unerwünscht, wie ein Besuch beim Sex. ... Nein, ich hab keinen Besuch, auch keinen Sex, ich bin beim Essen. ... Was, das stört dich nicht? Aber mich, ich bin am Verhungern.«

Während ich das Telefontalkchen nicht zu Ende bekam, sprang Tommy auf meinen Schoß, um näher am Teller zu sein. Voll gedanklich in das Gespräch versunken, fütterte ich meinen Vielfraß mit einem Stückchen Schichtfleisch nach dem anderen. Dabei kaute ich selbstvergessen mit, ohne dass jemals ein Bissen bei mir im Mund gelandet war.

»Können wir gerne tun«, telefonierte ich weiter, »oh ne, da kann ich nicht, muss zum Geburtstag. ... Ne, der feiert jedes Jahr einen runden Geburtstag. Seine Eltern gehen an diesem Tag immer in den Zoo und beschmeißen den Storch mit Steinen, ... warum ..., weiß ich auch nicht, weil er wohl aussieht, als wenn er in der Geisterbahn gezeugt wurde. ... Iwo, der ist schon vor sechzig Jahren geschlüpft. ... OK du altes Freibiergesicht, melde dich noch mal. ... Ja ich leg mich wieder hin, mach ich, und du stell dich wieder in den Schrank. Bis dann, tschau.«

Kopfschüttelnd über die letzte Bemerkung legte ich das Telefon auf den Tisch, nahm meine Gabel und wollte weiter essen, doch was ich da sah, war spannender als ein leerer Pappkarton. In der Menüschale befanden sich nur noch kleine Krümel von dem Dönerfleisch sowie Salat, Zaziki und Pommes.

Tommy lag vollgefressen vorm Schrank und konnte sich kaum bewegen, riss gähnend sein Maul so weit auf, dass man fast sämtliche Eingeweide sehen konnte.

»Na, Tommy, da hast du mich aber ganz schön ausgetrickst, hättest mir ja wenigstens ein paar Stückchen übrig lassen können. Mein Hunger war gerade dabei, sich wie ein Sturm auszubreiten und den Grundstein für den Untergang des Sattseins zu legen. Soll ich jetzt zum Vegetarier werden und mich von Pommes, Salat und Zaziki ernähren? Weißt du, wenn Gott gewollt hätte, dass wir keine Tiere essen, hätte er sie nicht aus Fleisch gemacht und sie an die Spitze der Nahrungskette gesetzt.«

Oh Mann, eigentlich aß ich ja Salat nur, wenn es durch Verfütterung zu Fleisch geworden war, aber was tat ich nicht alles für meinen Kater.

Der Tag verlief zweigleisig, ich stampfte immer wieder zum Kühlschrank, um was Essbares zu finden, doch dort liefen sich die Mäuse schon Brandblasen an den Füßen, während Tommy bewegungslos herumlag wie ein jamaikanischer Mann, der Reggae hört, einen Joint raucht und wartet, dass seine Frau von der Arbeit heimkommt, um für ihn das Essen zu machen.

Das Wort Vegetarier kommt übrigens aus dem indianischen Wortschatz und heißt so viel wie *zu blöd zum Jagen*.

13 Knisterndes Geschenkpapier

Es war kurz vorm Aufstehen, als ich von dem lautstarken Geräusch geknabbertem Trockenfutter wach wurde. Ich überlegte, was Tommy damit wohl bezwecken wollte und was ich wohl jetzt tun sollte: Sofort aufspringen und ihm sein Nassfutter hinstellen, damit er anstelle seines Trockenfutters lieber das nasse fraß und ich nachher nicht so viel davon wegschmeißen musste, oder blieb ich noch ein bisschen liegen, würde ihm später eins von diesen Menüschalen geben und mich dann ärgeren, weil ein Großteil davon in der Mülltonne landen würde.

Damit der Kater seinen Willen bekam, entschloss ich mich aufzustehen, griff wie tausendmal zuvor zur Nachttischlampe, wobei ich den Wecker herunterstieß und die Batterie herausfiel. Erschrocken stand ich auf, rutschte auf der Batterie aus und fiel rückwärts wieder ins Bett.

Genervt ging ich ins Bad, schaltete das Licht an, wobei die Birne bei meinem Anblick sofort zerplatzte. Danach ließ ich mir erst mal von dem Badewannenrand eine heftigen Kuss auf das Knie geben, setzte mich mit schmerzverzerrtem Gesicht auf die Toilette, wobei ich vergaß, den Deckel hochzustellen.

Ich rasierte mich in der Küche, weil die Küche ein idealer Platz dafür war, ließ mein Toast verbrennen, weil ich mich gerne von Schwarzbrot ernährte, brühte meinen Schnellkaffee mit kaltem Wasser auf und gab Tommy argentinisches Corned Beef, weil man ja eine rechteckige Dose, die mit einem schlüsselförmigen Drehwerkzeug geöffnet werden musste, leicht mit einer Dose verwechseln konnte, die ein Ring-Pull-System hatte, wo man mit Hilfe des Rings den Deckel abziehen konnte. Es war mal wieder einer dieser Tage, die beschissen anfingen. Manchmal verlor man, manchmal gewannen andere.

Als ich dann allmählich wach wurde, stellte ich fest, dass man Kaffee auch mit heißem Wasser aufbrühen konnte, was ich dann auch in Angriff nahm. Dabei beobachtete ich Tommy, wie er seinen Fressnapf so sauber ausleckte, dass man es ungewaschen wieder in den Schrank hätte stellen können.

Er kam zu mir und miaute: »Ey, das war ja mal was ganz Besonderes, kann ich davon noch mehr haben?«

Ich schaute ihn an und vermutete, dass er noch Hunger hatte. So schaute ich erst mal in den Mülleimer unter der Spüle nach, welche Dose er bekam, um zu sehen, ob ich noch eine davon hatte. Dabei stellte ich fest, dass das geplante Labskaus heute notgedrungen von der Speisekarte gestrichen wurde.

»Nachdem du mich gestern um mein Dönerfleisch gebracht hast, heute mir mein Labskaus nicht gönnst, müsstest du mir jetzt dein Katzenfutter überlassen. Aber was kannst du dafür, dass dein Oller heute mit seiner Intelligenz weit unter dem Durchschnitt liegt.«

Tommy schmunzelte nur, dachte sich sein Teil und meinte miauend: »Bei deiner Zeugung ist wohl nicht das ganze Erbgut an der Eizelle angekommen oder standst du als Kind beim Schaukeln zu dicht an der Wand?«

»Hier, Tommy, Rind mit italienischem Schinken, aber nur eine halbe Portion, schließlich hast du schon einen Großteil meines Mittagessens bekommen. Weißt du eigentlich, wie viele Katzen es auf der Welt gibt, die an ungesättigtem knurrendem Magen und im fortgeschrittenen Stadium sogar an Gewichtsverlust und ausbleibender Appetitzunahme leiden?«

»An ausbleibender Appetitzunahme leide ich jeden Tag«, miaute sich die zimtfarbene Fellkugel in die Vibrissen, schnupperte kurz an dem neuen Futter, drehte sich um und lief panisch ins Wohnzimmer, wo er erst mal in die frischen Triebe der Grünpflanze biss.

»Sag mal, wie oft hab ich dir schon gesagt, dass du nicht immer an den Pflanzen herumknabbern sollst? Hau ab da!«

Man merkte sofort, Tommy hatte sein Herrchen voll im Griff, hatte freien Zugang zu jeglichem Futter und die Berechtigung, sich überall breitzumachen, manchmal musste man sogar nachts auf seinen ruhigen Schlaf verzichten, wobei ein Schlafmangel auch zum Berufsverlust führen konnte und später sogar zur Obdachlosigkeit, was den Kater wiederum nicht interessierte.

Verwehre ich ihm den freien Zugang zu seiner Nahrung oder die Näpfe blieben leer, dann versucht er lautstark seinen Willen durchzusetzen. Dieser Umstand konnte sogar Schreireflexe auslösen und zwar so lange bis ich auf ihn aufmerksam geworden bin und ihm den Weg zur göttlichen Nahrung öffnete. Das hatte aber nichts mit Hunger zu tun, denn Tommy oblag es einfach, gefüllte Näpfe zu sehen. Ob das Fresserchen später weggeschmissen wurde, weil es angetrocknet war, tangierte mein kleines Michelinmännchen relativ peripher.

Als ich nach der Arbeit zu Hause nur so herumsaß, ging mir doch glatt ein Licht auf. Eine Erleuchtung überkam mich, die mich daran erinnerte, dass ich heute noch auf einem Geburtstag auftauchen sollte und so noch ein Geschenk besorgen musste, da ich keins im Schrank hatte, das ich als Mein-selbst-gekauftes-Geschenk betrachten konnte.

Dabei kreiste mir die Frage im Kopf herum, was ich nur kaufen könnte. Zunächst dachte ich an ein praktisches Geschenk für den kleinen Geldbeutel, an den teuren Duft der weiten Welt, der Anziehungskraft attraktiver Frauen, dem Wohlgeruch zum Verlieben, der eine leichte Moschusnote auf der Haut hinterlässt und ein zauberhaftes Lächeln auf den Lippen verbreitet, an ein Duschgel. Dann dachte ich an ein Buch, einen Thriller, eine Komödie, eine Geschichte, einfach nur ein Buch, aber was war, wenn der zu Beschenkende Analphabet war? Fragen über Fragen tauchten auf, als wenn man die Frage *was ist eine Vuvuzela* mit seinem Vor- und Zunamen beantwortete.

»Tommy, Herrchen geht kurz ins Dorf, um ein Geschenk zu kaufen. Komme auch gleich wieder. Mach also kein Mist und lass keinen rein.«

Nach gut zwei Stunden war ich wieder da, hatte einen Hightechtoaster mit Kühlsystem gefunden, stellte ihn auf den Wohnzimmertisch und fing an das Geschenkpapier auf dem Fußboden auszurollen. Ich nahm ungefähr Maß, beschwerte die Enden mit Feuerzeug und Aschbecher, damit es offen liegenblieb, und ging in die Küche, um eine Schere zu holen. Ein hoch entwickeltes Teilungswerkzeug mit dem man auch sechs durch drei teilen konnte.

Währenddessen beschnupperte Tommy das Papier, entfernte das Feuerzeug, und schaute überrascht, als der Bogen sich wieder zu einer Rolle aufwickelte. »Wer so handelt, der muss was zu verbergen haben«, dachte sich der Kater und versuchte mit der Pfote, den Bogen wieder auszurollen, doch der schnellte immer wieder wie eine Spiralfeder in seine ursprüngliche Position zurück. Daraufhin versuchte er seitlich in die Rolle zu kriechen, quetsche zuerst seine Nase, dann den ganzen Schädel in diese runde Öffnung, worauf das Papier an einigen Stellen einriss.

Als ich wieder reinkam, sah ich Tommy, wie er so langsam in der Rolle verschwand, wie er sich immer weiter mit den Hinterpfoten ins Innere drückte und wie immer weiter der Bogen aufriss.

»Ey, du Ratte der Landstraße, verschwinde da! Du machst das ganze Papier kaputt.«

Durch die volle Konzentration, auf das, was da drinnen ihn erwarten könnte, bemerkte er mein Kommen nicht, erschrak demzufolge umso mehr, als er meine Stimme hörte. Sofort bäumte er sich auf, wirkte durch den Buckel gleich wesentlich größer und signalisierte so seine Angriffsbereit-schaft, wobei er mit allen vieren am Boden blieb, um notfalls schnell die Flucht zu er-greifen. Eine beeindruckende Reputation, ein Highlight, eine Besonderheit, ein unver-gesslich bleibender Eindruck, als Tommy wie ein Torten-Stripper heraussprang und den Bogen gänzlich zum Verfall brachte.

Die Hälfte der Rolle war somit unbrauch-bar geworden und so schnitt ich den be-schädigten Teil ab, rollte den Rest auseinan-der und beschwerte die Enden wieder mit Aschbecher und Feuerzeug. Dann drehte ich mich um, nahm das Präsent vom Tisch und wollte es auf den Bogen legen, doch da lag plötzlich und unerwartet ein bei reichen, fet-ten Snobs beliebtes Kleidungsstück, ein Pelz, ein Pelz das vor Nässe, Kälte, Wärme und bösen Blicken schützt.

»Tommy, geh da runter, ich will das Ding da einpacken und lass die Krallen drin, nicht, dass du mir da noch Löcher rein-machst.«

Manchmal war ich richtig stolz auf ihn, wenn er meine emotionslosen, kaum zu En-de geführten Denkprozesse verstand, ob-wohl wir verschiedene Verhaltensweisen aufwiesen und unterschiedliche Sprachen benutzten. So wie in diesem Moment, als er ohne Widerspruch sich erhob und neben mir Platz nahm.

Wissbegierig schaute er zu, wie ich den Bogen glattstrich, Feuerzeug und Aschbecher entfernte, worauf sich das Papier wieder einrollte. Blitzschnell schoss Tommys Pfote mit den mörderischen Krallen, den messerscharfen Artefakten hervor und bohrte sie in die jungfräuliche Beute. Aus anatomischer Sicht ähnelte solche Psycho-Struktur stark dem Jagdvorgang eines weiblichen Sexualtriebes: Ohne Vorspiel läuft gar nix.

Die ersten Löcher waren geboren. Mit dem schnöden Unterhaltungsfilmstreifchen der Marke Tesa, dessen Filminhalt klar, farblos und durchsichtig ist und somit ohne Altersbeschränkung freigegeben wurde, kaschierte ich die Löcher, damit sie nicht noch weiter expandierten.

Vorsichtig klappte ich den hinteren und vorderen Überstand des Papiers über das Päckchen und fixierte es mit einem Klebestreifen. Dann wendete ich mich den kurzen Seiten zu, strich das Papier über die obere Kante glatt und drücke es nach unten, faltete die Kanten und drücke sie nach innen, sodass eine leichte Dreiecksform entstand. Die Hälfte davon faltete ich um, klappte es nach oben, um einen sauberen Abschluss zu erhalten und klebte es fest. Ich drehte das Paket um, um den Vorgang auf der anderen Seite zu wiederholen, strich das Papier über die Kante glatt, drücke es nach unten, faltete die Kanten, drückte sie nach innen, sodass eine leichte Dreiecksform entstand und. ...

... Tommys Pfote landete auf dem Papier, verursachte tiefe Schnittwunden, wollte seine Beute am Verschwinden hindern, hätte sie lieber verschlungen, so wie Rotkäppchen, die den Wolf verspeiste, die sieben Geißlein, die von der Uhr vertilgt wurden, und die Ente, die sich im Bauch eines Wolfes aufwärmte.

»Aahhhh, Scheiße, was machst du da. Reicht es nicht, dass du das andere Teil schon kaputt gemacht hast, musst du diesen Teil auch noch zerfleddern?«

Ich zog mich an, ging ins Dorf und holte schon mal auf Verdacht zwei Rollen von diesem farbenfrohen, einigermaßen reißfesten Papier. Diesmal breitete ich es auf dem Küchentisch aus, nicht, weil ich es Tommy nicht gönnte, aber irgendwann wollte auch ich mal fertig werden.

Nachdem ich das Präsent hinter buntes Papier versteckt hatte, um es vor fremden Neidern zu schützen, nahm ich drei verschiedenfarbige Geschenkbänder, eine Art Endlosspaghetti, um ein gewisses Hindernis zu konstruieren, in der Hoffnung, dass der Beschenkte keine Schere zu Hause hatte.

Frauen verpacken ja auch gerne Geschenke, besonders für ihren eigenen Mann. Dabei werden die Schleifen meistens mit zwölf Knoten versehen, eine Art Racheplan, weil der Göttergatte letzte Nacht ihren BH nicht aufbekam.

Die vierfache Länge sollte genügen und so schob ich es unter dem Paket hindurch, wobei das andere Ende zum Fußboden herunterbaumelte. Während ich die Bänder alphabetisch sortierte und mit den Fingern bügelte, war Tommy schon dabei, seine masochistische und sardische Art unter Beweis zu stellen und die Enden abzubeißen.

Ich spannte die Bänder längst über die Oberkante des Paketes, sodass links und rechts gleich lange Enden verblieben, drehte es um, überkreuzte die Enden und wendete es wieder. Dass die Bänder plötzlich extrem zu kurz waren, bemerkte ich erst, als ich die beiden Enden zusammenknoten wollte.

Da ich selten dachte und wenn, dann äußerst ungern, galt meine Überlegung zunächst der Frage, ob ich mich vertan hätte, was mir eigentlich selten passierte, da ich selbst die Bügelfalten meiner Anzughose mit einem Geodreieck vermaß. Doch der Blick zum Fußboden verriet mir, dass der Schuldige gerade damit beschäftigt war, die fehlenden eineinhalb Meter durch die Luft zu wirbeln.

»Ey, Little Joe, ich glaub, du missverstehst da was. Du bist kein texanischer Kuhjunge auf der Marlboro-Farm, der sein Lasso nach Cowbäuerinnen schwingt, um anschließend Wartungsarbeiten an ihnen vorzunehmen. Kannst du zum Jagen nicht deine eigenen Spielsachen nehmen, musst du immer meine Sachen kaputt machen? Manchmal hab ich das Gefühl, du bist wie ein Schnitzel, von allen Seiten bekloppt. Hier, nimm noch die restlichen Bänder und geh in den Flur, damit ich endlich das Paket fertig kriege.«

Ich fing wieder von Neuem an zu messen und bevor Tommy das Interesse an seinen Bändern verlor, hatte ich das Paket schnell verschnürt. Dann nahm ich die Schere, öffnete sie, setzte die Klinge oberhalb des Knotens an und zog sie schnell bis ans Ende des Bandes durch. Dabei entstanden kleine Löckchen, die so schön vom Paket herunterfielen und mich in jeder Weise zufriedenstellten. Ein hübsch verpacktes Geschenk entstand, das man auch mit einer Mogelpackung vergleichen konnte, da sie in erster Linie zur Ablenkung und optischen Täuschung dient. Doch zwischen diesen herunterhängenden gekringelten Bändern tauchte eine mir vertraute Pfote auf, die versuchte nach dieser lockeren Anlockung zu greifen.

»Hallo, Hand ab«, rief ich, »mach mir nicht wieder alles kaputt. Du hast deine eigenen Bänder, los, verschwinde da!«

Sicherheitshalber verstaute ich das Geschenk auf dem Schrank, nicht, dass mein zimtfarbener Pudel mit seinen frisierten Krallen den Karton aus dem Anzug schlug.

Wie wertlos und scheißegal das Geschenkpapier ist, sieht man dann, wenn die fiese alte Drecksau von Geburtstagskind das Geschenk vor deinen Augen gnadenlos aufreißt, wofür man sich vorher wie ein Sklave stundenlang in der Küche eingesperrt hatte.

14 Sportliche Aktivitäten

Ich nahm die Dose mit den Leckerlis, setzte mich ins Wohnzimmer, raschelte damit und schon konnte ich förmlich hören, wie sich die aufgequollenen Holzzahnräder in Tommys Kopf ineinander verkeilten.

»Na, Tommy, wie sieht es aus mit ein bisschen Sport? So ein bisschen Fingerfußball, ich schieß dir ein paar Leckerlis zu und du fängst sie.«

Eigentlich ein tolles und äußerst katzenfreundliches Spiel, eine Art Katzenelfmeter, wobei der Kater derjenige ist, der das Tor bewacht. Gehaltene Leckerlis dürfen an Ort und Stelle systematisch über Mund und Schlund vernichtet werden.

Auch Menschen sind mit dem Fangen vertraut, besonders Polizisten, Kaufhausdetektive und Zollbeamte, die täglich mit dieser Spielerei in Berührung kommen.

Normalerweise wird drei mal sechs Stunden gespielt, mit jeweils einer 30-Sekunden-Pause, um den Spielern eine ausgiebige Erholung zu gönnen. Bei der Hardcore-Version wird zusätzlich noch auf einem zwanzig Quadratmeter großen Minenfeld gespielt, was für eine besonders lustige Unterhaltung sorgt.

Die Mannschaft des Katers war bereit, mit

allen ihr zur Verfügung stehenden Mitteln sämtliche Leckerlis der Gegenmannschaft zu fangen, die es in den Geschmackrichtungen von Ananas bis Ziegenkäse gab. Der erste Schuss ging hoch hinaus und wie ein Helikopter handelte Tommy: Kurz in die Luft gehen, viel Wind machen und schnell wieder landen. Genussvoll zerrieb er seine Beute zwischen den Zähnen, als sei es ein mexikanisches Schweinerippchen.

Der nächste landete unhaltbar in der Ecke, ein sogenannter Eckball. Sein Name rührt von der besonderen Bauart des runden Leders her, der nämlich sechs Ecken hat und eigentlich nur in gebirgigen Gegenden zum Einsatz kommt, um ein unkontrolliertes Fortrollen zu verhindern.

Es stand also 1:1, ein ausgeglichenes Unentschieden mit Vorteilen auf beiden Seiten, doch dann machte sich die Überlegenheit des Torwartes bemerkbar, der auf Aufholjagd war, sein Fett in Muskelmasse umwandelte und schließlich in Führung ging. Welch toller Kater, der immer wieder mit seinen raubtierartigen Angriffen keins der Spielgeräte vorbei ließ. Seine körperliche Bewegungsaktivität war kaum zu bremsen. Wieder ein Schuss direkt auf den Torwart, der allerdings haarscharf an ihm vorbeiflog und so die Tordifferenz verkürzte.

Unerlaubt hatte sich der Gegenspieler bis

zur Mittellinie geschlichen und legte sich das ballartige Leckerli vor der aus Daumen und Mittelfinger bestehenden Waffe zurecht, um mit einem Schuss die Katzenwelt aus den Angeln zu heben. Eine Maschinerie, die eigens für solche sportliche Veranstaltungen erfunden wurde und aus der fette Bohnen wie ein unangenehmer Raucherhusten herausknallten.

Was für eine Aufregung, was für eine Show, was für ein Spiel. Die Anhänger der Ostkurve knabberten im Kanon an den Fingernägeln, die Gäste standen Kopf auf den Lehnen ihrer Stühle und die Fankurve bereitete sich auf ein galaktisches Tischfeuerwerk mit Zündkerzen und Feuerzangenbowle vor.

Volle Konzentration auf beiden Seiten, nur der Mittelfinger des schießwütigen Herrchens fing an zu zittern, doch starr blieben die Augen des Torwarts auf den Finger gerichtet. Ein Moment, in dem das ganze Katzenleben an ihm vorbeizog und Erinnerungen geweckt wurden an das erste Mal ...

... als er Rindfleisch mit Mäusegeschmack erhalten hatte.

Eine enorme Spannung lag in der Luft, eine Hochspannung schlimmer als in einem E-Werk, und alle warteten euphorisch auf den Schuss, der da kommen würde. Endlich, der äußerst gespannte Mittelfinger löste sich von dem Daumen und traf die mit Katzengras gefüllte Knabbertasche. Im hohen Bogen, mit ballettartigem Charakter, flog das Geschoss empor, bewegte sich im Gleitflug durch die Lüfte, was nur von Dumbo, dem fliegenden Elefanten, perfekter beherrscht werden konnte, und stürzte dann im Sturzflug, wie die Spezialität des alkoholisierten Piloten, der den Passagieren die Faszination des Fliegens hautnah vermitteln möchte, direkt auf Tommy zu, der sie auffing und dann mit dem Gewicht der Knabbertasche umfiel.

Welch Glanzleistung, welch Vollkommenheit, welch Meilenstein, der in die Geschichte des Katzensports eingehen würde. Es war ein sehr komplexes Spiel, das nicht mal der Schiedsrichter durchschaute, sodass man mit Recht behaupten konnte, dass Hacke, Spitze, Hacke, Spitze, eins, zwei, drei nicht zu den Steckenpferden der beiden Mannschaften zählte. Wieder ein Schuss, der mit geballter Kraft und einer unglaublichen Geschwindigkeit auf den Torhüter zuflog. Mit der Intoleranz eines missglückten Hechtsprunges berührte er nur kurz den Ballersatz und beförderte ihn so in die Ecke.

Meine Damen und Herren, wir befinden uns im Höchststand dieses aufregenden Spieles. Überall rumorte es, man rief, man schrie, doch eine Panik bleibt glücklicherweise aus. Im Gegenteil machte sich reinste Freude bemerkbar, so ein Spiel erleben zu dürfen. Um ein Denkmal zu setzen, wurde die linke Pfote des Katers, mit den ausgefahrenen messerscharfen Krallen, für die Verewigung auf der Bundesflagge nominiert.

Der nächste Schuss gelangte zur Vorbereitung, eine weitere Tasche wurde vor der Unterseite des Daumens gelegt, um ihn später mit mechanischer Energie aus dem ruhenden Zustand stark zu beschleunigen. Der Mittelfinger war eingerollt und die anderen drei Finger wurden in eine waagerechte Position gebracht.

Torwart Tommy Tom legte sich flach hin, so flach wie die Kornprovinz Holstein. Sein Schwanz wedelte von einer Seite zur anderen, seine Ohren wurden aufrecht gestellt, wodurch sie größer wirkten und sich vorzüglich zum Segelflug eigneten. Die Augen waren starr und hypnotisierend auf das Geschoss gerichtet, mit dem dahinter befindlichen Mister 9 Millimeter.

Es war still, eine schockierende Stille, eine Stille, in der selbst geschriebene Worte störten, als wenn eine Spinne ihre klebrigen Fädchen um die schwafelnden Münder gewebt hatte, um Sprachlosigkeit zu produzieren. Wie ein Standby-Modus, ein Zustand, in welchen der Allvater automatisch versetzt wurde, sobald man zu ihm betete, oder wie die Schweigeminuten, die bereits von den Neandertalern durchgeführt wurden, wenn ein Artgenosse von einem Mammut filetiert wurde.

Phänomene, die eintraten, wenn es ganz still war, wenn es einfach nichts zu hören gab, wenn man selbst das Nichts hörte oder eine CD mit Stille abspielte.

Die Augen des Gegners waren gespannt, gespannt wie damals beim Bau der chinesischen Maurer, als man jahrelang wartete, dass einem kleinen gelben Vorarbeiter ein Stein auf die Füße fiel.

Eine Spannung wie bei einem WM-Spiel, während dem das runde Leder dem Torwart voll in die Fresse flog, ihm das Nasenbein brach, danach der Ball an die Latte knallte, von dort auf den Rücken des Torwartes bretterte, ihm das Kreuz verbog, weiterhin gegen den Pfosten donnerte, vor den Füßen des Torhüters landete, abfederte, zwischen sein Beine rammte, ihn dadurch zeugungsunfähig machte und anschließen ins Tor rollte.

Plötzlich erfolgte der Schuss, Buff. In einem halbkreisförmigen Winkel von 39,68 Grad flog die nach Wachteln und Gemüse riechende Knuspertasche in Richtung des Fellknäuels, flog äußerst dicht an ihm vorbei und landete unter dem Beistelltisch. Mit der

Beweglichkeit eines Affen, der Kaltblütigkeit eines Frosches und der Schnelligkeit eines Hasen stürzte er sich unter den Beistelltisch, riss diesen mit seinem fetten Arsch um und ließ die Tischlampe und drei Glaskerzenhalter zu Boden fallen.

Erschrocken stand er da, regungslos, überlegte, was ihm geschah, sah sich um, schnappte sich den Drops und verschwand damit ins Schlafzimmer. Von dort hörte ich nur noch das kauende Knacken und genussvolle Schmatzen seines Unterkiefers, der sich im 4/4-Takt bewegte.

Der Sieg war auf meiner Seite, eine positive Erscheinung, zumal Lampe und Kerzenständer heil blieben. Siegen ist eine männliche Sache, da sich hauptsächlich Männer für Sport interessieren, im Gegensatz zu Frauen, die eher zu rhythmischen Körperoptimierungsprogrammen neigen, sich in der Existenzliga von Zalando aufhalten, den Toilettensynchrongang optimieren und die sportliche Redseligkeit fördern.

»Tommy, komm zu Papa, ist nichts passiert. Ist doch meine Schuld gewesen.«

Er kam langsam rein und miaute, als wollte er damit andeuten: »Na, ich weiß nicht, wenn der Bauer nicht schwimmen kann, ist meistens die Badehose dran schuld.«

Dann sprang er auf meinen Schoß, tretelte erst mal kräftig in die Weichteile, wofür ich ihn hätte würgen können, und holte sich die Streicheleinheiten für den zweiten Sieger im Zweikampf ab.

»So, Tommy, ich muss mich jetzt langsam fertig machen, muss doch zum Geburtstag, du weißt doch, zu der Frau, die eine Haut hat wie ein 19-jähriger Pfirsich. Sie muss mal hübsch ausgesehen haben, vor Hunderten von Jahren.«

Ja, Kleopatra, Herrscherin der Wüste hinter den sieben Dünen war auch mal eine schöne Frau, aber andererseits war auch sie nur wie ein Brötchen, das ästhetische Ideal für einen Haufen Krümel.

Miauend schlich der Kater kreuzlahm und abgekämpft von dem sportlichen Ereignis aufs Sofa und fing an mit seinem innerlichen Bruder zu kommunizieren. Er schlief schlagartig ein.

15 Der Jagdinstinkt

Es war noch weit vor Mittagnacht, als ich von der Geburtstagsfeier nach Hause kam und ich mich sofort ins Bett legte, denn tiefer besinnlicher Schlaf ist die Voraussetzung für einen guten Start in den nächsten Tag. Ich schloss meine Augen und vernahm eine Ruhe, eine schockierende Ruhe, bei der man einfach nichts hört. Keine schreienden Kinder, kein Straßen-, Flug- oder Bahnlärm, der einem den letzten Nerv raubte. Kein Nachbar, der noch in seinem Hobbykeller mit Stichsäge und Schleifmaschine hantierte, was einem wie der Lärm eines im Kampfgebiet von Afghanistan startenden Düsenjets vorkam. Auch kein bis zu den Schläfenlappen abgefüllter Verschwendungstrinker auf der Straße, der mit seinen Volksliedern die Umwelt akustisch verseuchte.

Eine Ruhe, für die viele Menschen monatelang und mühsam Geld vom Munde absparten, nur um als Tourist einen Augenblick irgendwo auf der Welt dieses Phänomen der fehlenden Geräusche genießen zu können. Dafür nahm man sogar die physischen Strapazen der Reise auf sich, um ans Ziel zu gelangen.

Dies Fehlen der Geräusche gab einem Kraft, neuen Lebensmut und es war schön zu hören, wenn die Nachbarin mal ihre

Klappe hielt, anstatt immer lautstark über den Penner ihrer Tochter zu schimpfen; wenn die alte Frau von gegenüber einem nicht mehr mit ihren Rheumabeschwerden auf den Sack ging und wenn der szenenanhängige Metaler seine 10.000-Watt-Boxen nicht mehr zum Absprengen der Ohren benutzte.

Es war sogar so ruhig, dass ich die Fußstapfen von Tommy auf dem weichen Teppichboden hörte, die sich langsam aber sicher dem Bett näherten. Plötzlich wieder diese absolute Stille, kein Schlurfen war mehr zu hören, kein Ton zu verspüren, eine bestürzende Stille, die nur von den höchsten Meistern des Buddhismus übertroffen werden konnte.

Doch dann der Sprung, der Sprung des Katers, der mit einem Aufprallgewicht von mindestens gefühlten 180 Kilo direkt auf meinem Bauch landete und fast eine Hysterie in mir erweckte, die jeden noch so fest schlafenden Nachbarn vor Schreck aus dem Bett holen würde. Es war, als wenn ich mit hoher Geschwindigkeit auf einer einsamen Landstraße entlangfuhr und ausgerechnet vor mir ein Wildschwein die Straße überqueren musste, wobei es egal war, ob es sich um einen Eber, also einen Schweinemann, oder um eine Bache, eine Schweinefrau, handelte, wenn fünfzig Meter weiter ein

Zebrastreifen mit Fußgängerampel vorhanden war.

»Oh ne, Tommy, nicht immer auf meinen Bauch. Ich hab dir schon tausendmal gesagt, dass du von der anderen Seite aufs Bett springen sollst. Leg dich hin und gib Ruhe.«

Tommy ging von meinem Bauch herunter, schnurrte, tretelte und legte sich dann in meinen Arm. Die Ruhe war gestört, sie wurde durch das immer heftiger werdende Schnurren unterbrochen. Besonders in der Nacht, wenn Geräusche, die am Tag erzeugt wurden, nachts nicht mehr vorhanden waren, wenn Hintergrundgeräusche einfach fehlten, da kam einem das Schnurren vor, als läge der Leadsänger einer Heavy-Metal-Band neben dir. Es lohnte sich nicht, ihn darauf anzusprechen, er hätte es nicht verstanden, er wäre der Meinung, dass ich mich mit ihm beschäftigen, ihn streicheln und mich mit ihm unterhalten wolle, doch ich beließ es lieber bei einer nonverbalen Kommunikation, in der Hoffnung, dass mein Schnarchen ihn übertönte.

Sein Kopf drehte sich zur Seite und er fing an sich zu putzen, sein Fell ausgiebig zu reinigen, ohne seine schnurrenden Geräusche zu unterbrechen. Dabei leckte er mit seiner rauen Zunge immer wieder über meinen Unterarm, kämmte die Haare, die da wuchsen, so wie eine Katzenmutter es mit ihren Jungen macht. Freudig nahm ich diese Zuneigung entgegen, döste vor mich hin und schlief langsam ein.

Ich stand am Fenster und schaute hinaus in den Regen, der in Bindfäden aus den Wolken fiel und die Erde mit neuem Leben erfüllte. Überall bildeten sich Pfützen, die sich in einen rötlichbraungrünen Schlamm verwandelten und die Straße wie ein Wattenmeer aussehen ließ.

Die ganze Nacht hatte es schon geregnet, eine schlechte Reputation, der vielerorts massiv diskriminiert wird, da er entspannungsbedürftige Menschen daran hindert, Spaziergänge zu machen oder am Strand zu liegen.

Gegenüber auf der anderen Seite war eine zimtfarbene Jungkatze mit einem M-förmigen Zeichnung auf der Stirn, die mit nassem Fell sich an der Buchenhecke entlang schlich. Erbittert blieb sie stehen, schaute in die Pfützen, zu den Wassertropfen, die fröhlich hin- und hertanzten. Sie schlug nach ihnen, denn sie hasste Wasser, mochte keinen Regen, der ihr Fell zwangsweise nass und schwer machte und ihr dadurch die Schnelligkeit des Flüchtens vor dem Feind nahm. Manche behaupten sogar, dass die Vorfahren der heutigen Katze Wüstentiere waren, die es gelernt haben mit dem knapp bemessenen Wasser auszukommen und dass es evolutionsbedingt noch in den Genen steckt, nicht mit der kostbaren Flüssigkeit herumzuasen.

Mit langgestreckten Vorder- und Hinterbeinen und einem hochgestreckten Schwanz stolzierte sie weiter durch die starke Verschmutzung, die der Regen mitgebracht hatte. Sie blieb stehen, schüttelte sich, um überflüssiges Wasser vom Fell zu entfernen, leckte sich den Matsch von den verklebten Pfoten und schlich weiter. Immer wieder war ein Mau zu hören, ein klägliches Mau, als wenn sie von der Mutter allein gelassen wurde und nun nach ihr rief.

Der Regen hörte langsam auf und der Himmel schien klar zu werden, doch die Brühe, die sich überall angesammelt hatte, wurde nicht schnell genug vom Boden aufgenommen. Da, etwas bewegte sich neben der Pfütze, die Katze blieb stehen, spitzte die Ohren und hob langsam eine Pfote. Möglichweise war es ein Regenwurm, der durch den starken Regen sein unterirdisches Reich verlassen hatte, um auf der Erdoberfläche dem Wasseranstieg zu entkommen. Sie sind von zentraler Bedeutung für den Gartenbau, da sie als wichtigste Erzeuger von Humus gelten und so für die Belüftung des Bodens sorgen.

Ich wendete mich ab, um was Fressbares für das ausgehungerte Tier zu holen, ging durchs Zimmer und stieß ungeachtet mit dem Zeh gehen ein Tischbein, dabei wurde ich wach, wurde einfach aus meinem Traum geholt.

Verwirrt überlegte ich, wieso ich ausgerechnet jetzt wach geworden war, schaute mich im Zimmer um, doch es war finster und so konnte ich keinen Grund erkennen. Langsam erhob ich mich, machte die Nachttischlampe an und ging Barfuß in den Flur. Doch dann hörte ich den Grund meines Aufwachens, ein Geräusch, das an Kriminalfilme erinnerte, ein sattes Krrrrtsch, als wenn man eine Walnuss mit der Schuhsohle zermalmt.

Kater Tommy, der an Hunger Sterbende, hatte was Sättigendes gefunden und war dabei, brachial die Brekkies zu vernichten. Dann änderte sich auf einmal die Tonlage, was sich anhörte, als ob ein Haarballen ausgehustet wurde, nein als ob ein Huhn gegen eine Doppelkornflasche pickte. Es war der Durst, der ihn zum Trinken bewegte, und es hörte sich an, als wenn seine Fangzähne immer wieder gegen den Wassernapf stießen.

Ich fragte mich, wie er eigentlich trank, dass ständig diese klingenden Geräusche entstanden, die flüssig von einer Ohröffnung zu anderen transportiert wurden, ohne über einen Nerv zu stolpern.

Vielleicht war er ja ein Säbelzahntiger, ein Kater mit dem Fell eines Löwen und den Zähnen eines Elefanten, der aber dem Aussehen nach wiederum eine Katze war.

Ich schlich zurück ins Bett, wollte meinen Traum zu Ende träumen, sehen, was aus dem kleinen Racker geworden ist, der so bekümmert, freudlos und trübsinnig allein in dem feuchten Element seines Weges ging, doch die Fortsetzung blieb aus.

Die morgendliche Dämmerung war bereits eingetreten, als mein Kater mit einem Satz neben mir aufs Bett sprang und mich mit seiner hypnotisierenden Art weckte. Eine Technik, die dazu verwendet wird, etwas zu tun, was man eigentlich gar nicht will, nämlich aufstehen. Es ist der starre Blick, eine Exduktion, die so lange ausgeübt wird, bis sich die Augen automatisch öffnen und der Hypnotisand erwacht.

»Uaaah«, gähnte ich, »guten Morgen, Tommy«. Seine typischen Lautäußerungen fingen an mich aufzumuntern, ein Schnurren, das tiefes Wohlbehagen ausdrückte. Fortan streichelte ich ihn und sein Schnurren wurde lauter, intensiver, fast schon bedrohlich. Er legte sich hin, seine Pfoten auf meine Schulter und gemeinsam genossen wir den Augenblick der trauten Zweisamkeit.

Nach einer Weile schlug ich die Decke zurück und sprach zu Tommy: »So, Papa muss jetzt aufstehen, muss Pippi machen und duschen.« Sofort sprang er vom Bett, ging in Richtung Badezimmer, schaute sich immer wieder um, als wolle er sich vergewissern, dass ich auch den richtigen Weg einschlug.

Im Bad vollzog sich die allmorgendliche Gepflogenheit eines geistig umnachteten Katers, der versuchte beim Toilettengang auf dem Schoß zu landen, dann sich in der Hose breitmachte, sich turtelnd mit der Badezimmermatte amüsierte, die er am liebsten adoptieren würde, zwischendurch seinen Geruch intensivierte, indem er Deutschländer hochkant ins Katzenklo stellte, dann den Wasserlauf der Klospülung verfolgte und zu guter Letzt noch seinen Kontrollgang durch die Badewanne machte, in der ich verschwand, um zu duschen.

Währenddessen lag im Flur auf das Fressen wartend ein ausgebreiteter Kater auf dem Rücken und schaute sich die Welt in einer Drehspiegelachse an. Wie ein Bild projizierender Apparat, der ein Objekt mittels reflektierter Lichtstrahlen auf eine gegenüberliegende Wand überträgt, wo es kopfüber und spiegelverkehrt erscheint, liegt er da und träumt von einem Big Mac, ohne Salat, Tomate, Zwiebel, Käse, Soße und Brötchen.

Doch verlasse ich den Raum, in dem die Klo-Ente zu Hause ist, springt er sofort auf, läuft mir entweder vor die Beine, bis ich fast zu Fall komme, oder lauert mir vor einem Schrank auf, um mich unerwartet anzugreifen. Wenn ich dann zum Vorratsschrank gehe, fängt sein Gejammer an, als wenn er schon seit Monaten nichts zu fressen bekommen hätte und nun mindestens eine dreifache Portion benötigt, um einigermaßen wieder auf die Beine zu kommen.

»Heute gibt es Lamm und Rind mit Naturreis und Weizenkeimöl«, sprach ich zu Tommy, der es derweil gelernt hatte, Männchen zu machen und dabei als Hilfestellung seine Krallen benutzte, die er animalisch in meine Knie bohrte. »Neue Rezeptur mit verbessertem Geschmack steht hier«.

Kopfschüttelnd füllte ich den Napf und frage mich, wer das wohl getestet haben soll. Das ist doch genauso, als wenn ich ein Double Cheeseburger, mit einer großen Pommes rot/weiß und eine Cola Light bestelle oder einen Behindertenplatz vor einer Eissporthalle suche. Als wenn einem eingeflößt wird, dass schwimmen schlank macht, aber was machen Blauwale dann falsch, und warum waschen wir Handtücher, wenn wir nicht annehmen, dass wir sauber sind, wenn wir uns abtrocknen, warum heißt Dusch Das nicht Dusch Dich, warum laufen Schafe bei Regen nicht ein, warum können Frauen keine Wimperntusche mit geschlossenem Mund auftragen, warum ist das Wort Abkürzungen so lang und wonach hat der Mensch eigentlich gesucht, als er entdeckte, dass Kühe Milch geben können? Wenn es heut 0 Grad ist und morgen doppelt so kalt werden soll, wie kalt ist es dann wirklich? Fragen stiegen auf wie Blubberblasen in einem Whirlpool.

Ich kochte Kaffee, nahm einen Becher und setzte mich ins Wohnzimmer, um die Morgennachrichten im Fernsehen zu verfolgen. Tommy kam wenig später hinterher, stellte sich vor die Balkontür und schaute hinaus. Eine Taube landete auf der Balkonbrüstung, eine Ringeltaube. Ein Vogel, der sich überwiegend in Cliquen zusammenrottet und in den Fußgängerzonen den Restmüll der wegwerforientierten Konsumgesellschaft vertilgt. Als blutrünstige Omnivoren treiben sie sich auch zu gerne in Fast-Food-Restaurants herum und warten dort auf Verliebte, die sich zu einem verträumten Candle-Light-Dinner einfinden. Hier ist es ratsam, seinen Doppel Whopper fest mit beiden Händen zu umklammern, bevor es eine Taube tut.

Schon machte sich instinktiv mein beutegreifender Jäger bemerkbar. Angespannt und bereit zur Jagd, begleitet von einem heftig umherpeitschenden Schwanz, fing er an zu schnattern. Dabei hatte er sein Maul weit geöffnet, bewegte den Unterkiefer schnell auf und ab und gab Töne von sich, die an Zähneklappern erinnerten.

Er beobachtete durch die Scheibe, wie seine unerreichbare Beute dasaß und ihn anstarrte, womöglich sogar auslachte. Wieder war das Geschnatter zu hören, eine Art Trockenübung, die den Tötungsbiss eines Raubtigers imitierte, und wieder spürte man, dass in seinem Erbgut geschrieben steht: Schlag dich mit mir.

Die flugfähige Taube, die auch als Pirat der Lüfte verschrien ist, drehte sich um, zeigte ihm ihr Hinterteil, hob den Schwanz und – platsch! – fiel eine grün-bräunliche Masse auf den Boden des Balkons. Eigentlich bevorzugen sie ja Autos für ihren Fäkalienabtransport, wie zum Beispiel die Windschutzscheibe, wo man dann mit dem Einsatz der Scheibenwischer den Dreck über die ganze Scheibe verteilen kann und so das Sichtfeld verdunkelt, oder die Lackierung, die durch den ätzenden Dreck ruiniert wird.

Mit einem kurzen Blick noch zu Tommy, einem freundlichen Lächeln auf dem Schnabel, breitete sie ihre Flügel aus, stieß sich von der Brüstung ab und tauchte kopfüber im freien Fall in die Tiefe ein. Wie ein Bungee-Springer, der durch die Elastizität der Gummibänder wieder hochgeschnellt wird, federte auch die Taube mit einigen Flügelschlägen wieder auf und flog über das Haus hinweg.

Tommy verfolgte dieses Geschehen, sah, wie sie absprang, wieder auftauchte, sich dem Haus näherte und über dem Dach verschwand. Sofort drehte er sich um und lief mit einer affenartigen Geschwindigkeit an mir vorbei, dass mir der Wind wie eine Druckwelle ins Gesicht schlug. Vor der Haustür blieb er stehen, wartete, dass die Tür aufging und der Leprafink sich einer Auseinandersetzung stellte, bei der Tommy die Technik der Gewalt anwenden konnte.

Doch nichts passierte und so ging er nach einigen Minuten erst mal in die Küche, um sich zu stärken, denn ohne Mampf kein Kampf.

»Tommy, ich hau jetzt ab, bin bald wieder da. Lass keinen rein und mach keine Dummheiten«.

Gegen Mittag war ich wieder da und bereits nach öffnen der Haustür hörte ich das Miauen einer Katze, die durch langes Wacheschieben hungrig geworden war und erwartungsvoll hinter der Wohnungstür im zweiten Stock lauerte. Es ist mir immer wieder ein Rätsel, woran er es bemerkt oder gar fühlt, dass ich es bin, oder begrüßt er jeden so, der das Haus betritt?

Ich öffnete die Tür und sofort wurde die Gelegenheit genutzt, in den Hausflur zu entwischen, um interessiert die Fußmatten der Nachbarn zu beschnuppern. Dann ging er die Treppe hinunter zur Zwischenebene, mit dem Blick auf die Straße durch bodentiefe Fenster, welche sich von Fliegen und anderem Ungeziefer ernährten. Ein Auto fuhr vorbei und in gleicher Schnelligkeit bewegte sich sein Kopf hinterher; dann schlich eine ältere Dame mit einem noch älteren Mann den Fußgängerweg entlang und Tommys äußerst traniger Blick verfolgte sie.

Ich schaute aus der Haustür hinaus um die Ecke, die Treppe hinunter, rief: »Tommy, komm rein, los zack, zack«, und erhoffte mir ein Ergebnis nach dieser Aufforderung, erhielt aber nur ein unerwünschtes Resultat. Wie ein Spanner saß er da, beobachtete Menschen, die spazierengingen, was besonders von Familien, Ehepartnern, frisch Verliebten und Söhnen, die ihre alternde Mutter im Rollstuhl apathisch vor sich herschoben, ausgeübt wurde. Früher im Mittelalter waren Spaziergänge noch eine Art Modenschau, wo Bauern mit ihren Kühen über die Straßen gingen, um den Bürgern ihr bestes Vieh zu präsentieren, heute dient es der körperlichen Ertüchtigung und der seelischen Entspanntheit.

Da, wieder ein Mensch mit dem Miniaturmodell eines Schäferhundes, der ein Band am Hals als Fesselung trug. Seine Größe entsprach aus dieser Entfernung gerade mal der einer Feldmaus und schon machte sich wieder der Jagdinstinkt bemerkbar. »Meck, meck, meck, meck, meck«, hörte ich von Tommy, ein verhaltender Ton, der sich mit der Bewegung seines Unterkiefers vermischte. Langsam erhob er seine Pfote, ließ sie in der Luft hängen, wartete auf den richtigen Moment, bis der Hund sich direkt vor seinem Blickfeld befand, und packte dann zu, doch die Scheibe verwehrte ihm sein Tun.

Beleidigt schaute er dem Wesen hinterher, bis es verschwand, drehte sich um, kam die Treppe herauf und blieb im Flur stehen. Sein Mund leicht geöffnet, die Oberlippe hochgezogen, die Nase gerümpft und sein Blick ins Leere schauend stand er da und wirkte ein wenig dümmlich. Doch es war die Wahrnehmung eines besonderen Duftes, die Geruchsidentifizierung, das Einatmen eines Aromas, das am Gaumen entlang geleitet wurde und so gerochen wie auch geschmeckt werden konnte. Für ihn ein unbekannter Geruch, den er wahrnahm und registrierte, wahrscheinlich die blühende Topfpflanze für den Wohnzimmertisch.

Ich hatte es mir abgewöhnt, Schnittblumen zu kaufen, da am nächsten Morgen eh die Vase umgekippt auf dem Tisch herumliegen würde, das Wasser vom Teppich aufgesaugt und die Blumen in der Wohnung verteilt wären. In nächtlicher Schwerstarbeit hatte er sich immer wieder zur Aufgabe gemacht, sie aus dem Wasser zu ziehen, im Wohnzimmer zu arrangieren, damit ein repräsentativer Rahmen entstand, um dann das Blumenwasser zu trinken, weil es abgestanden wesentlich besser schmeckt. Das hatte natürlich einen gewissen Charme, was allerdings nicht gerade zur längeren Lebensdauer der Blumen beitrug. Ich hatte es irgendwann aufgegeben, an sein Verständnis zu appellieren beziehungsweise ihn mit stinkigen Socken zu bewerfen.

Mit langgestrecktem Kopf witterte er dem Geruch entgegen, als wenn er Raumspray oder gar eine Frühlingswiese riechen würde. Doch er ließ schnell davon ab, als er sah, dass sein Fressnapf gefüllt war, und stürzte sich lieber auf die essentiellen Stoffe der Nahrung. Dabei stellte er automatisch seine Ohren nach hinten, damit seine Schmatzgeräusche nicht ins Gewicht fielen.

Ich hatte mir für heute vorgenommen, die Kleidung meiner geliebten vier Wände, die durch Katers Krallen enorme Verletzungen davongetragen hatten, expressiv zu entfernen. Im Gegensatz zum Hemdwechsel, der in Sekundenschnelle vollzogen ist, ist der Kleiderwechsel eines Raumes eine aufwendige Sache.

Schon beim Abreißen der alten Tapete treten oft Aggressionen auf, welche sich durch lautes Brüllen, starke Fausthiebe und wütiges Verhalten bemerkbar machen, nur weil sich die Tapete nicht von der Wand trennen will; dann der sämige Kleister, eine Art Magnet, der Tapete und Wand zusammenhält, ständig vom Tapeziertisch tropft und an den Hosenbeinen und Schuhen klebenbleibt; die Tapete, die mit aller Gewalt sich weigert eine Verbindung mit der Wand einzugehen, und das Überkopfstreichen, das mehr Farbe im Gesicht verursacht als an der Decke. Zudem noch das Opfern der Freizeit, meist geht ein ganzes Wochenende drauf. Auch das Entsorgen der Alttapete ist problematisch: Während Altkleidung einfach im Altkleidercontainer entsorgt werden können, kommt Alttapete auf den Sondermüll.

Da die Raufasertapete noch gut war, viel Holz enthielt und man die grobe Strukturierung noch deutlich erkennen konnte, entschloss ich mich nur fürs malen. Weil auch Tapeten sich dem Wandel der Mode unterwerfen, zwar nicht ganz so schnelllebig wie die Kleidermode, aber für modebewusste Leute immer noch zu schnell, entschied ich mich eine andere Farbe zu nehmen. Graue Wände sollen es werden, dunkler als weiß und heller als schwarz, abwechselnd mit weißen Wänden, was meines Erachtens sehr gut zu Buche passen würde. Farben, die im Keller noch faul herumstanden, ohne den körperlichen und geistigen Drang, eine nutzvolle Tätigkeit auszuführen. Zusätzlich holte ich noch zwei Pinsel, diverse alte Bettlaken, eine Rolle Malerklebeband und eine kleine Farbwalze. Da die Wandflächen von zu vielen Türen unterbrochen waren, lohnte es sich nicht, mit einer großen Rolle zu arbeiten.

»Ich will jetzt schnell die Wände im Flur malen, dauert nicht lange. Du bleibst, bis ich fertig bin, im Wohnzimmer, nicht, dass du mir noch in den Farbeimer fällst«, sprach ich zu Tommy, der auf gewisser Distanz alles ganz genau beobachtete.

Spiegel, Garderobe und Bilder entfernte ich von den Wänden, legte den Flur mit den Bettlaken aus, klebte die Enden an der Fußbodenleiste fest und freute mich schon jetzt über die frisch gemalten Wände, mit dem

Grau, das sich besonders von den weißen Türen abheben würde. Doch dann sah ich da eine Erhebung, eine rufende Erhebung, ein Hügel, der durch Glauben versetzt werden konnte. Wie eine lichtscheue, nachtaktive Wühlmaus, die ihren Gang unter der Erdoberfläche anlegt und nach Nahrung sucht, schlich ein Wesen majestätisch wie ein Elefant unter dem Bettlaken entlang.

Sein Oberkörper flach auf den Boden gedrückt, das Hinterteil in der Höhe und die Hinterpfoten gestreckt, schob er sich Stück für Stück vorwärts. Ein aerodynamisch ergonomisch geformter Vierfüßler, dessen Strömungswiderstand mit jedem Papierflieger verglichen werden konnte.

»Ey, Tommy, was machst du da, komm raus da!«, rief ich ihm zu, der sich daraufhin erhob, die Klebebänder zum Reißen brachte und mitsamt dem Bettlaken die Flucht antrat. Schnell trat ich auf das Laken, damit er nicht mit dieser geschmacklosen Kleidung auffiel, die so schön im Aufwind wehte.

Während ich alles wieder festgeklebt hatte, den Eimer öffnete und Pinsel und Rolle aus der Küche holte, hatte Tommy sich bereits auf den Deckel gestellt, sich mit einer Pfote am Rand des Eimers festgehalten und mit der anderen in der Farbe herumgefischt.

»Ach Mensch, Tommy, das ist nicht dein

Ernst. Das ist Farbe und kein Teich, wo du Fische mit der Angel füttern kannst.«

Ich schnappte mir den Kater, reinigte erst mal seine Pfoten und stellte ihn dann ins Wohnzimmer.

»Hier bleibst du jetzt, bis ich fertig bin. Ist das klar?«

Ich ging wieder zurück in den Flur und während ich die Wände anschaute, überlegte ich, warum wir uns mit teuren Stoffen wie Baumwolle oder Seide umhüllen, während die Kleider der Wände nur aus Papier bestehen. Vielleicht sollte man den Spieß mal umdrehen, doch möglicherweise wäre die Herstellung einer Baumwolltapete zu teuer und auch unsere Papierkleidung würde sich unter Umständen als untauglich erweisen, da sie sich bei Nässe schnell auflöst.

Ich nahm die bügelartige Metallstange und wollte die Farbrolle aufsetzen, doch die war auf einmal nicht da. Mit den Händen tastete ich sämtliche Bettlaken ab, die sich auf den Boden befanden, suchte in der Küche, im Bad, Schlafzimmer, Wohnzimmer, doch nirgends war sie zu finden. Sofort fiel der Verdacht auf Tommy, der bestimmt in der mit Kunstfell besetzten Rolle einen neuen Spielkameraden gefunden hatte. Ihn zu fragen wäre sinnlos gewesen, er hätte niemals das Versteck eines desertierten Freundes preisgegeben. Da es meine einzige und letzte war, musste ich mich notgedrungen umziehen, zum Baumarkt fahren und neue holen.

Keine dreißig Minuten später war ich wieder da, stellte die Leiter auf, klebte die Zargen der Türen ab und wollte gerade die Leiter hinaufsteigen, als mein Kater mir auf gleicher Höhe in die Augen sah. Zuerst dachte ich, es wäre die Augenhöhe mit einer Bordsteinkante, doch dann sah ich, wie Tommy auf der obersten Plattform der Leiter lag und mir schnurrend die Pfote entgegenstreckte. Etwas verblüfft fragte ich:

»Na, ist die Aussicht überwältigend? Ist es dein neues Bettchen, mit atemberaubender Sicht über Alles? Musst nur aufpassen, dass du im Schlaf nicht aus dem Bett fällst.«

Er streckte mir seine Pfote noch weiter entgegen, als wenn er mich über die Straße zerren wollte, nein, er wollte mich einfach nur berühren, meine Worte damit unterstreichen, mir Kraft schenken und Trost vermitteln. Eine Eigenart, die in der letzten Zeit immer häufiger zunahm und meistens mit dem Streicheln an meiner Wange endete.

Ich nahm den Kater von der obersten Stufe, stellte ihn auf den Boden, um meine Malertätigkeit weiter fortführen zu können.

Schon in den frühen Jahren der Steinzeit hatte man sich mit der Malerei beschäftigt. Damals war es noch stilvolles Gekritzel, das man mit Steinwerkzeugen in die Wände gekratzt hatte, um eine Zerstörung der Gemälde zu verhindern. Heute nimmt man Raufasertapeten, um das Mauersteinoutfit zu verhüllen.

Während ich auf der Leiter stand und die Ecken auspinselte, war Tommy dabei, die Überstände der Klebebänder an den Zargen zu lösen, um sie dann in einem Stück von der Zarge zu reißen.

»Och Mensch, Tommy, lass das. Ich hab da doch noch nicht gemalt.«

Wiedermal stieg ich die Leiter hinunter, legte den Pinsel auf den Farbeimerdeckel und klebte die Zarge von Neuem ab. Eine Gelegenheit für Tommy, um sich an etwas anderes heranzuwagen. Dem wehrlosen Pinsel, der ein vorübergehendes Bleiberecht genoss, musste ein Schlag versetzt werden, damit er innere Verletzungen, einen Schädelbasisbruch und schwere psychische Schäden erlitt. So flog der Pinsel im hohen Bogen gegen die Haustür, verursachte graue Flecken auf dem weißen Türblatt und fiel so unglücklich auf den Boden, dass sich der Metallzylinder mit den Borsten von dem Griff löste.

»Tommy«, klagte ich, »was soll der Scheiß jetzt wieder? Ich sperre dich gleich in die Toilette ein, wenn du so weiter machst.«

Es schien, dass er mich wieder mal verstanden hatte, denn mit gesenktem Kopf stieß er daraufhin die Schlafzimmertür auf und verschwand unter der Bettdecke.

Auf einmal war alles so friedvoll, kein Kater, der störte, der Pinsel verprügelte oder sich in der Farbe suhlte, der nichts demontiert, durcheinanderbrachte oder gar versteckte. Doch sah ich durch den Spalt der Tür, wie mich der Allround-Dilettant beobachtete, wie er mit offenen Augen dalag und auf die Gelegenheit wartete zuzugreifen.

Nach gut zwei Stunden war ich mit der Arbeit fertig, räumte langsam alles zusammen, zog das Klebeband ab und ließ es zu Boden fallen. Unbemerkt hatte Tommy sich an mir vorbeigeschlichen und fing an, sich mit dem Klebestreifen zu amüsieren.

Er legte und wälzte sich in diese Streifen hinein, die eine einseitige Klebebeschichtung hatten; drehte und rollte sich in die Bänder, die erfunden wurden, um einen geraden Strich zu ziehen, ohne die Umgebung weiträumig zu verschmieren. Ein Material, mit dem jeder Malerlehrling im ersten Ausbildungsjahr ausschließlich das korrekte Anbringen und im zweiten Jahr das korrekte Entfernen eines solchen Klebebandes erlernen musste.

Tommy saß plötzlich ganz ruhig da, fühlte sich durch das Malerklebeband komplett getarnt und sah damit wie ein Raubtier aus, das auf Beute lauerte. Eine Art Unsichtbarkeit, völlige Lichtdurchlässigkeit, wo man denken könnte, er wäre gar nicht da.

Doch plötzlich kam der Sprung, der Sprung aus dem Stand direkt in meine Hacke, auf das Stückchen Klebeband, das sich dort befand.

Einerseits eine nette Geste, um für Ordnung zu sorgen, anderseits war ich nicht so angetan, seine Krallen in meinem Fleisch zu spüren.

»Aua, Tommy, das tut weh, nicht immer mit deinen Krallen in meine Hacken hauen.« Ich entfernte die Klebestreifen von seinem Fell, legte die Laken zusammen und saugte den Flur durch. Dann hängte ich die Bilder wieder auf, die Garderobe und auch den Spiegel und erfreute mich über die neue Farbgebung.

17 Damals

Ja, Tommy ist schon ein bemerkenswerter, aber liebevoller Kater, wenn man ihn so beobachtet.

Bevor er in mein Leben trat, hatte ich meinen Alltag eigentlich zufriedenstellend eingerichtet und organisiert. Es waren vor allem die Kleinigkeiten, die einem im Normalfall kaum bewusst wurden, zum Beispiel nicht über etwas zu stolpern, wenn ich durch die Wohnung ging, oder ungestört mal die Nachrichten im Fernsehen zu sehen, keiner, der mir in die Hacken sprang und ständig meckerte, wann es was zu fressen gab.

Morgens hatte der Wecker durchaus noch seine Existenzberechtigung, nachts konnte ich ungestört durchschlafen und vor allem: mein Bett hatte ich für mich ganz alleine.

Die Zimmerpflanzen gediehen prächtig, keine Tapeten wurden zerkratzt und der Gang in die Küche war möglich ohne die Verfolgung eines wahnsinnig Wahnsinnigen.

Selbst morgens konnte ich hilflos vor der offenen Kleiderschranktür stehen, ohne dass vier Pfoten im Schrank verschwanden und dort so lange blieben, bis der schwarze Lieblingspullover übersät war mit Katzenhaaren und der Kater somit die Entscheidung über die Tageskleidung fällte, da das Entfernen der Haare zu lange dauern würde.

Auch die Frage, ob Katzen Socken fressen, weil nach dem Durchsuchen der Waschmaschine nur ein Exemplar wieder aufgetaucht war, konnte fakultativ entschieden werden.

Am PC vermochte ich alleine zu arbeiten, brauchte keinen zimtfarbenen Kater, der die eBay-Auktionen überwachte, und auch der Drucker konnte unverletzt seine Arbeit verrichten. Und vor allem war *ich* der Boss im Haushalt.

Dieses und vieles mehr änderte sich schlagartig, als das Samtpfötchen bei mir einzog. Ein vierjähriger Streuner, der es leid war, sich von stinkenden Kanalratten zu ernähren, es lieber vorzog, sein Maul mit Whiskas, Felix oder Sheba vollzustopfen.

Ganz scheu war er damals, als er gebracht wurde, verkroch sich ins Badezimmer in die äußerste Ecke und mochte sich kaum bewegen. Es war eine neue Umgebung für ihn, an die er sich erst mal gewöhnen musste, was logischerweise nicht von jetzt auf gleich ging. Geduld war gefragt und mit ein paar Leckerchen würde er schon die Angst und Zurückhaltung überwinden.

Am darauffolgenden Tag, in einem unbeachteten Moment, schlich er in geduckter Haltung, mit dem Bauch den Boden berührend, den Kopf gesenkt, sämtliche Pfoten eingeknickt, vom Badezimmer schnurstracks ins Schlafzimmer und verkroch sich zwischen den zwei Kartons unter dem Bett. Es war wie das Kriechen vor dem Erlernen des Krabbelns, die erste aktive Art der Fortbewegung.

Nachts wurde ich wach, hörte, wie er Brekkies fraß, und war froh darüber, dass er nicht hungerte. Auch sein Toilettengang tätigte er in meiner Abwesenheit, damit wir uns nicht begegneten, weil wir uns noch nicht kannten und keiner wusste, was ihm geschah.

Die nächsten Tage blieb ich etwas länger fort, um ihm die Gelegenheit zu geben, sich ungestört in der Wohnung umzusehen, sein neues Reich zu inspizieren, ungehindert und ungeniert zu prüfen. Und wenn ich dann nach Hause kam, sah ich nur noch, wie er blitzschnell wieder unter dem Bett verschwand.

Fast eine Woche war vergangen und ich machte mir langsam Sorgen, weil ich nicht wusste, wie es ihm ging; nicht, dass er sich zu einem neurotischen Einzelgänger, Eremit oder Einsiedler entwickelte, der in einer Höhle unterm Bett lebt. Doch dann passierte es, ich lag auf der Couch und schaute die Nachrichten im Fernsehen, die zwar stark polarisierten, aber keinerlei Informationsgehalt beinhalteten, als mein Katerchen aufs Sofa sprang, sich neben mich legte und anfing zu schnurren.

Leise sprach ich zu ihm, erzählte, was im Fernsehen zu sehen war, und er hörte zu, als ob er alles verstanden hätte. Dabei schaut er mich mit einem unsäglichen Blick an, dass man Lachen musste. Fortan ließ er sich auch streicheln und unsere Gespräche wurden intensiver; wir unterhielten uns über Dinge, die teils banal und teils außergewöhnlich, profan und genial, spektakulär und witzig waren. Unser gegenseitiges Vertrauen stärkte sich und festigte sich unmerklich.

Seit zwei Jahren leben wir nun zusammen und in dieser Zeit ist er mir ein unverzichtbarer Freund geworden, dem ich viele Momente des Glücks verdanke, der mich mit aristokratischer Würde empfängt, wenn ich nach Hause komme.

Was auch immer draußen geschehen vermag, was der Tag auch an Unerfreulichem für mich bereitgehalten hatte: alles ist vergessen für einen kleinen Augenblick, wenn ich mit der Hand durch sein weiches Fell fahre und mich seinem Atemrhythmus anpasse.

Gern würde ich ihn mit zur Arbeit nehmen, aber wahrscheinlich wird dadurch nur meine Tätigkeit vernachlässigt, weil er entweder im Koffer auf dem Akkubohrer schläft oder die Bits und Bohrerspitzen einzeln durch die Gegend schießt, die ich dann stundenlang suchen müsste.

So was macht natürlich Laune, für den Kater zumindest. Genauso, als ich den Flur gemalt hatte und feststellte, dass die Farbwalze verschwunden war. Eine Rolle, die beim Antippen leicht über den Boden rollt und für einen Killer wie Tommy, der keine Mäuse frisst, weil sie Mundgeruch haben, ein ideales Spielzeug darstellt.

Tage später hatte ich sie wiedergefunden, eingeklemmt in der Polsterritze seines Bettchens, durchgesabbert und bis zur Unbrauchbarkeit beschädigt.

Aber die meiste Zeit schläft er und ich kann beobachten, wie seine Pfoten und Schwanzspitze zucken, wie sich seine Augen unter den Lidern deutlich bewegen, wie die Tasthaare vibrieren. Er Träumt und in seinem Traum werden Geschehnisse, Ereignisse und Vorfälle vom Gehirn verarbeitet. Manchmal murmelt er sogar im Schlaf so vor sich hin, dann würde ich schon mal gerne wissen, was in seinem Kopf so vorgeht.

Tiefe Dankbarkeit durchflutet mich, wenn er dann mit zusammengekniffenen Augen auf meinem Bauch liegt und meinen Streicheleinheiten nicht ausweicht; wenn er schnurrend das nimmt, was ihm gegeben wird; wenn wir zusammen fernsehen und uns über die Serien unterhalten, die alle das gleiche Grundstrickmuster haben; wenn wir morgens den letzten Augenblick der Gemeinsamkeit genießen, bevor man aufsteht.

Seit ich ihn habe, kann ich zufrieden sein, Untertan der besten, schönsten und klügsten Katze der Welt sein dürfen.

Zeitfracht Medien GmbH
Ferdinand-Jühlke-Straße 7
99095 Erfurt, Deutschland
produktsicherheit@kolibri360.de